宝琴文化
LUTE MEDIA

黄土家族

张遇 著

台海出版社

图书在版编目（CIP）数据

黄土家族 / 张遇著. -- 北京：台海出版社，2024.
9. -- ISBN 978-7-5168-3927-0

Ⅰ．I247.5

中国国家版本馆 CIP 数据核字第 2024TW7335 号

黄土家族

著　　者：张　遇

责任编辑：员晓博

出版发行：台海出版社

地　　址：北京市东城区景山东街 20 号　　邮政编码：100009

电　　话：010-64041652（发行，邮购）

传　　真：010-84045799（总编室）

网　　址：www.taimeng.org.cn/thcbs/default.htm

E - mail：thcbs@126.com

经　　销：全国各地新华书店

印　　刷：河北赛文印刷有限公司

本书如有破损、缺页、装订错误，请与本社联系调换

开　　本：880 毫米 ×1230 毫米　　　　1/32

字　　数：200 千字　　　　　　　　　印　张：9.75

版　　次：2024 年 9 月第 1 版　　　　　印　次：2024 年 9 月第 1 次印刷

书　　号：ISBN 978-7-5168-3927-0

定　　价：68.00 元

版权所有　翻印必究

1 // 引子 三个名字

第一部 回忆

9 // 可怜的小花

17 // 父亲

29 // 家乡

45 // 寻亲记

第二部 离散

61 // 开封杞县

71 // 流离之始

87 // 军旅

99 // 爱情与婚姻

115 // 湖口事变

第三部 返乡

125 = 北京巡礼
135 = 诗人醉街
147 = 世界上最爱哭的人
151 = 祭祖
159 = 张秀兰
169 = 来自西藏的退伍兵
179 = 返乡之日
193 = 在大坝边上

第四部 汇流

213 = 心脏病
229 = 豫台餐巾纸厂建厂纪要
247 = 迟暮之年
259 = 鲜烟咸雨
269 = 最初的死亡
279 = 拆迁

298 = 《鲜烟咸雨》后记
300 = 后记
303 = 黄土家族大事纪年表

三个名字

引子

我爷爷的一生有三个名字,这是我后来才知道的。

爷爷最初的名字叫作张保安,这是河南的姑奶奶告诉我的,台湾家里的长辈也从未听过。就如百年前混乱的时局下多数为人父母所冀望的,这个名字承载了对孩子平安长大的祝福。但张保安是爷爷所用时间最短的名字,那份庇佑显然抵挡不了时代的乱流,很快便隐入洪荒。

爷爷第二个名字叫作张文学。乡人文化有限,开封重视儒家传统,孩子在上学后会由老师取一个学名,入私塾时老师看张保安聪明勤勉,取名文学,意在鼓励学文。而作为张家第一个善读能写的孩子,张文学也自告奋勇地给妹妹秀兰取了学名,叫作文英,那是他送给妹妹的第一个礼物。

文学、文英,听起来就是一双有教养的兄妹。我能想象,爷爷少年取名时的得意。

爷爷过世后，木刻的牌位上写着张文学，让我和弟弟很不习惯，就好像是一个陌生人霸占了爷爷的身份，每次去祭拜时，都得找半天。纳闷了许久后，来问父亲，父亲淡淡地说："你爷爷本来就叫张文学，那是葬礼前父亲跟两个姑姑一致的决定，要在牌位上还原他原本的名字。"

"可能用这个名字他比较自在，我们猜的。"父亲说。

爷爷第三个名字叫作张若干，也是爷爷这辈子所用最久的名字，所有的正式文件、签字，以及他对外、对孙儿的自称都叫若干。自1949年来到台湾后，他用这个名字度过了半个世纪的岁月。没想到的是，家里没有一个人知道他为什么叫这个名字，只有父亲模糊地说过，那是因为流亡学生转入部队，重新登记姓名时跟长官重名了，犯忌讳，所以才给改了。

可是为什么叫若干呢？

若干，表示不定量的意思。像是登记军官临时硬凑上去的两个字，既草率又暧昧，没有实质意义。

干，字意为盾牌，可能是本来想代称干戈。若干，有如盾牌一般，保卫家园，很有军人的气息，但这么解释似乎又太生硬。无论如何，这应该不是张文学自己取的名字，更像是某一天，他收到部队要求填写的数据表时，突然发现自己成了另一个人，无奈之下只能充作暂时的称呼，没想到会用上四十年。跨了一座海峡，张文学糊里糊涂地变成了张若干。

如果人的一辈子是本荒谬的小说，当我们读完，回头就可以赫然发现，爷爷这三个名字竟然如此机巧与讽刺地隐喻了他生命的不同阶段：从在战乱中成长的孩童，到河南稚气未脱的学生，再到台湾一名样貌模糊的军人、父亲、爷爷，又到一名返乡者。他的身份认同被迫不断转换，流亡到下个场景。

写家族，以及已逝去多年的老人的生命故事，对我这第三代的孩子来说终究太难了。要如何为一个人的一生下注脚，何况那还是你的至亲？他老年时的落魄固执、年轻时的意气风发，以及被命运捉弄时仍要挺直身板的模样，人性的复杂性与多面性，很难用简单的形容词来归类。复杂的史料背景、庞杂的照片与书信，加上十位长辈亲戚的陈述，让我着迷之时也感叹，自己的生活经验在面对历史的厚重时是多么单薄。

我有许多担忧，害怕自己无法将这个故事讲好，辜负了那么多人。神奇的是在写这本书的无数夜晚，我常会感受到爷爷的影子陪伴在身旁，透过笔迹或泛黄的老照片默默鼓舞着他的长孙。每当想到我是在写爷爷的故事，浮躁的心便会安定下来，像是一种灵魂之间的默契。

最后在叙事时，为了保持整个故事人物的一贯性，在爷爷的三个名字中，我跟父亲和姑姑们一样，选择了张文学。他默许了我去讲述，而我也感觉自己有必要去讲述，这一笔下去就成了历史的注脚。此时此刻，黄河仍奔流到海不复还，而我想在岸边掬一抔泥沙，沉淀在文字里。

爷爷，要是我哪里写得不好，您就托梦来纠正我吧。

十甲路老家,后于1994年拆除改建。张文学拍摄于20世纪80年代。

第一部 回忆

在我的记忆里,爷爷一开始就是位老人,脸庞消瘦、头发稀薄,既不曾年轻也从未老去。他过世后躺在灵堂前的模样,如同我最初认识他的时候,他的容貌被定格在岁月里。

可怜的小花

阴云盘旋着,一眼看不到尽头。破损的城市在夜里飘下雪花,小花偎着墙角,哈出雾气,手里的馒头吃了三天,冷硬得像是块白砖头,他分成几口吃完,身边的同伴裹着军大衣,向往来稀疏的行人行乞,喃喃说着:"好心人,发发慈悲吧。"但没有人理会他们。

通常说到这里,我就已经不耐烦了。

爷爷是个不擅于讲故事的人,他倾诉想法,却不能将字句组织成有趣的话语,还要搭上河南厚重模糊的乡音。从记忆中回溯,爷爷总是坐在老家的白色餐桌旁,若有所思地咀嚼着花生米,偶尔我会央求他讲个故事,而他也只会讲一个故事:可怜的小花。

几乎所有的家族成员都听过可怜的小花,从父亲、姑姑到我、弟弟和表姐妹,两辈人共同的记忆都建筑在这来回反复、版本不同的故事上。每当我问起父亲,说你记得可怜的小花吗?他会哼一声,说在小时候听过好几次了，但却没有人想得起来那是个什么样的故事，只记得模糊的叙述中，有一个叫作小花的孤儿。

小花是因为一场远方的战争成为孤儿的，在爷爷狭窄的童话创作里，像极了《卖火柴的小女孩》或《灰姑娘》的变形版（回忆起来，我竟连小花的性别都不记得）。场景里有条大河，小花与他的朋友们被困在城市角落里，在渡水之前搜索物资，他们甚至到战壕里翻找死人的口袋。下雪、寒冷、饥荒，小花辗转流离，奇怪的是从来没有成功渡过那条河。

没有人喜欢听这故事，也因此没有人真的有耐心听完过，更别说下落不明的结局。对孩子来说，小花的故事仿佛一杯煮坏了的咖啡，酸楚而苦涩。

但即便如此，爷爷只有这个故事。

有时我埋怨怎么又是可怜的小花，能不能听点别的呀？爷爷会看向撒娇的孙子，感到困窘，挠挠头尴尬一笑，好像在脑海中翻找其他明亮的题材，最终放弃似的叹口气，说："那带你去吃麦当劳好不好？"然后我会开心地忘记对故事的渴望，拉着爷爷前往台中公园旁边的麦当劳点一份薯条。

* * *

在我的记忆里，爷爷一开始就是位老人，脸庞消瘦、头发稀薄，既不曾年轻也从未老去。他过世后躺在灵堂前的模样，如同我最初认识他的时候,他的容貌被定格在岁月里。

我们家位于台湾中部,岛屿上的副热带气候中,夏日燠热的蒸气在空中盘旋成阴郁的积云,午后降下雷雨,雨随着房顶的铁皮流淌,在小巷子里蜿蜒前行。我喜欢那被雨水湿润了的青苔,喜欢家门对面城隍庙的大红灯笼与燕尾脊,放学后踩着水洼回家,在铁门前踮起脚尖朝缝隙大喊我回来啦,听声音在屋里回荡。

有时门敞开着,还未踏入家中便传来厨房里阵阵的炒菜声,奶奶的锅铲与瓦斯炉火呼呼作响。窗外的雨在淅淅沥沥地下着,客厅前,几张藤条编成的沙发浸着夏日的沁凉,厚重的电视机如果开着,上面多半播的是摔跤节目。爷爷半眯着眼睛躺在沙发上睡着,我会过去摇摇他,说爷爷我回来啦。这时若他是装睡便会一言不发,直到我识破为止;而如果他醒了,就会去冰箱给我倒一杯可乐,我童年发福的身材便是由此而来。

爷爷向来溺爱孙子,在饭桌上,奶奶准备好的饭菜用菜罩盖起来,不准我先偷吃,要等到大家都回来了才能开动。但是我要喊饿,他就会做一些煎馒头片,让我先吃。

煎馒头片是爷爷的拿手活,每当我央求,他就会从冰箱里拿出包好的山东大馒头,这馒头是车站附近一家老店制作,据说是退伍老兵自谋生路。当时台中的街巷满是眷村风味[1]:湖南味的葱油饼、川渝菜、山西刀削面……论馒头爷爷只认这家,有时父亲会给我点零钱让我去店里帮爷爷买馒头,他们家的馒头白胖,剥开一层又一

---

[1] 大量国民党军官、士兵及其家属在眷村安置,全国各地的美食也都在眷村出现。来自大陆各地的美味在这里汇聚,形成了独特的眷村风味。

层,面香四溢。

将馒头切成厚片,锅中倒入一点油,将馒头片用中火反复煎至金黄焦脆,出锅前撒上盐巴就完成。爷爷偶尔会做豪华版本,将馒头片浸泡鸡蛋液后再煎,出锅后蘸番茄酱吃(童年的我似乎有番茄酱成瘾的迹象),除此之外再没什么花样。小时候我们所有孩子都喜欢吃煎馒头片,为此奶奶还一度生气,说放着她的正餐不吃,净吃些没营养的食物。

傍晚,雨幕在夜里点亮路灯时,车库铁卷门嘎嘎往上升,母亲开着小白车下班回家了,她带着弟弟下车。另一边铁门打开,两个姑姑带着麻雀般嘈杂的表姊妹,踩着雨水进门。奶奶皱起眉头,边碎念边拿起拖把把水渍拖干。

我们围在客厅旁一张斑驳的塑料餐桌上七嘴八舌地夹菜,糖醋排骨、炒丝瓜、菜脯蛋、葱爆里脊、丸子汤,还有爷爷的煎馒头片。孩子们端起饭菜在电视机前看卡通,表姊妹想看《樱桃小丸子》,我跟弟弟则想看《游戏王》《火影忍者》,由此爆发了抢遥控器的战争。姑姑跟奶奶闲话家常,父亲因为工作缘故一般很晚才回家,奶奶会为他留下饭菜。

吃完饭后所有人都离开餐桌,或留在客厅看电视,或带孩子回家遛狗,这时爷爷才会移动到饭桌边上,简单夹几口菜,喝碗半温半凉的汤,倒些油炸花生米,配一小盅双鹿五加皮。他从来不喝贵的酒。

不知那是不是在部队养成的习惯,即便在家中小酌也有着长官的威仪，爷爷坐得板正，臀部落座椅垫前三分之一，身着衬衫，扎着黑色皮带，绝不会看到他打赤膊、穿内衣或跷二郎腿的坐姿。当我凑过去时，爷爷会捉弄我，他端起酒杯，试探地问这是汽水要不要喝呀？然后看我一脸嫌弃地别过头，他便开心地笑了，然后他会给我倒汽水，分我一些花生米吃。

但更多时候，爷爷只是独自喝点小酒，不打扰任何人，不看新闻报纸，就连花生米与酒都节俭地品尝着。他望向窗外零落的小雨，好像在想念着什么。那种时刻，就连幼小的我都能感觉到，爷爷身上的衬衣在时间的磨损后是那么单薄。

* * *

小时候大人忙着养家，孩子们对古老的年代毫无头绪，没人对爷爷的故事感兴趣，一如没有人知道爷爷的生平具体是什么模样，可能甚至连他自己都说不清楚。在外省口音里的历史盘根错节，不知从何起头，于是他自己渐渐也不说了。

爷爷睡在地下室，奶奶睡一层的榻榻米卧房，他们夫妻分房已久，从花莲退伍回家后两人生活差异太大，他更习惯一种井井有条的独处。爷爷在地下室拼了张硬板床，又不知从哪捡来旧柜子、旧桌椅，布置成孙子孙女的游戏空间，灯亮时那里是我们喧闹的小天地，但当我和爷爷道晚安关灯后，那地下室里黑暗浓稠得吓人，只有爷爷能在那里酣然入梦。

他几乎没有朋友。不像奶奶性格活泼，每天做完家务就去对面城隍庙聊邻里八卦。在我印象里，爷爷一直都是一个人，每天早晨在我们去上学后，他会看看报纸，再到台中公园散步。每周还会到公园边的牌友聚会处，输掉几把牌。据父亲所说，爷爷和奶奶都喜欢玩牌，但爷爷的脑筋顽固，十赌九输，而且输了也不发脾气。倒是家里人常劝他别再玩牌，说那些人都是把他当成待宰的羔羊。

爷爷每月的退休金虽不多，但除了买报纸跟打牌，我从未见过他有什么物质上的追求，就连吃饭也是。我从没见过他从外头带回来馒头以外的东西，每月剩余的钱爷爷都存起来，用于一年一度的返乡探亲。

我问过爷爷河南是什么样子，他向我描述，咱们家就在黄河边上，黄河是条好大的河，河水黄浊浊的，捞起来都是泥沙，老家的大枣特别甜。姑姑则告诉我，爷爷第一次返乡时，用玻璃瓶装回来一瓶黄河水，兴奋地告诉子女说这就是黄河，舍不得倒掉，最后水都臭了。

"河南会下雪吗？"爷爷回答会的，白雪覆盖在大地上，冷冽刺骨。那对童年的我来说是不可想象的景色，直到上了初中，地理课本上才有照片，至于在那遥远的北方还有我们的血亲，这就更难理解了。

在那几年里，爷爷一直都是独自返乡探亲，虽然很想让子女去看一眼家族的故土，但父亲和姑姑工作繁忙，不好勉强。曾经有一次，爷爷半开玩笑地问我，要不要跟他一起去河南玩，用的是试探的口吻，但在我还没反应时，母亲便以年纪太小婉拒了。那时，爷爷虽然笑着表示理解，可眼里流露出的却是落空的期盼。

后来随着年纪增长，我理解了我们是所谓的外省人，了解了这漫长的历史。记得在一部小说中，看到有个布道者领悟了真理，却因口音过于浓厚而咬字不清，没人听得懂他在说什么，即便站在车水马龙的街头演讲，依旧被人们视为异类排除在外。当时，我就想：啊，这不就是爷爷的身影吗？

其实，爷爷想表达的东西，并不是无人诉说，也不是无人倾听，只是没有人能理解他话语中的孤独。他是个好爷爷、好父亲、好军人，而当我回忆起他时，除了这些名词与碎片般的场景之外，竟是别无所知。

如今，在他离开后的第13年，我从无数照片、信件、口述中再次拼凑出他的模样，才更加确信了爷爷是多么缺乏创造力与想象力，是个多么不善于诉说的人。他所反复讲述的那个无人聆听的故事，充斥着战壕、逃亡、饥饿、寒冷与颠沛流离的情节，根本没有安徒生童话的浪漫和诗意，更不能成为给孩子们讲故事的文本素材。

那是真实的人生。我的爷爷，他就是可怜的小花。

父亲

我小时候,父亲由于工作忙,经常很晚才回家。每天晚上我们早早睡觉,深夜时分,半梦半醒之间,就听见巷子口传来一阵熟悉的摩托车引擎声,接着楼下铁门打开,引擎声轰隆隆地在静谧的楼房间回响,熄火后打开门,一阵钥匙的喧哗后,我便知道父亲回来了。

在搬到三楼以前,我们一家四口住在二楼狭窄的起居室,隔壁是父亲的书房,回家后他会在书桌前继续办公一阵子。那张绿皮书桌用塑料软垫压着一张母亲的照片,旁边写着:每天要逗她笑。

据说我小时候浅眠,被摩托车引擎惊醒后会跑出来到书房,见我睡不着,父亲只好带我到门口的巷子来回溜达,把精力消耗殆尽后再送回房,那时已是凌晨一两点钟。

"你以前比你弟弟难带,不知道吗?"父亲后来老是拿这句话调侃我。

有时在夜里他盯着电视机发呆，任由画面从视网膜前流过。我纳闷为什么累还不去睡觉，父亲叹了口气说，只是想放松一下。那种疲劳感，那种渴望放空的心情，直到若干年后，我工作了，才真正体会到。

那几年台湾房地产正热，父亲经营一家小型中介公司，生意起伏，为了节省人力常值守到深夜。他每天往返半个城市，深夜才携一身恍惚与疲倦进门。只有在周五傍晚会回家吃一口奶奶做的热乎的饭菜，其余多数时间都在公司。曾有一次他太累了，摩托车熄火后小腿贴着滚烫的排气管也不觉得热，等惊醒时已烫掉一大块皮，空气中弥漫着烤肉的臭味，那烧伤使他有好一阵子行走时都伴随灼痛。

但在我心目中，父亲始终是个乐观而冲动的人。公司生意好时，他买了台车带我们全家出游，生意差时他就骑着摩托车，带我翻山越岭地兜风，摘农家庭院里冒出的枝丫上的龙眼。虽然忙忙碌碌的，却从未在孩子面前抱怨过工作的事。

* * *

奶奶说父亲以前调皮，家有正门不走，非得学孙悟空翻墙。他和两个姑姑几乎是奶奶一手带大，父亲出生后，爷爷在全岛频繁调动，鲜少回家。直到1982年提前退役，在台中大雅谋得一份机械厂厂长的工作后才安定下来。在他们兄姊妹眼中，父亲是个半透明的存在。

对家庭教育的细节记得最清楚的是大姑，作为长女，她承受过最严厉的管教，以及最深切的期盼。

早年家境困窘，奶奶常从外头拉回一大袋子的材料，每天放学后带孩子在客厅里折药袋、绑麻绳，当时台湾社会采用物资配给制，按照大口、小口分发米油盐粮票，为了补贴家计，家家户户都有这种手工分包作业，做完可以换点钱。奶奶学历不高，对孩子们的课业她以实用主义的方式看待，只要分数能及格就好，她将更多心力放在一家人的饭桌上。

大姑还记得她第一次为钢琴深深着迷的时刻。爷爷有次带一家人到练武路旁的面摊吃炸绿豆丸子面，当时的台中市多是两层平房，大姑吃着绿豆丸子，看见隔壁楼房一位身披白纱的少女坐在钢琴前，手指一阵飞舞，清脆的乐音便从窗户飘出来。她听得入迷，却只敢躲在柱子旁偷看，生怕惊扰这神圣的时刻。后来，大姑便常借故在那户人家周边走动。于是，她知道了那首曲子是《致爱丽丝》。

小学六年级时，奶奶禁不住大姑一再请求，拨出一笔学费让她到中华路每周上半小时的钢琴课。她是多么珍惜那半小时的时间，永远提前一小时到老师家里，先看老师怎么教更小的孩子，上完课再自己练习一小段。奶奶困惑为什么这半个小时的课程，她要待上三四个小时，总是皱起眉头嘀咕道："净学些没用的东西。"

大姑知道家里的条件买不起钢琴，便自己在窗台边画上黑白琴键，用手指在脑海中敲打出想象中的音色。爷爷回家看见了，没有多说什么。第二个月，家里送来了她的第一架钢琴，舒伯特牌，边角有着二手剐蹭的痕迹。

她后来才从奶奶的抱怨里得知，爷爷花了好几晚说服奶奶，又向二舅写了一万五的借据，物色良久才买下那台舒伯特。

在那个年代里，女子无才便是德。大姑准备高考那一年，全台湾大学录取率仅有20%，多数女孩毕业后选择去做女工帮忙家计。奶奶对大姑想考音乐系持反对意见，认为这既花钱又没什么用处，她将女儿拉到客厅，说如果没有考上，那大姑将没有第二次机会，必须去潭子加工区上班，没有商量的余地。

结果，大姑用那台钢琴，成为家里第一个大学生，进入东海大学音乐系。之后，又在台湾师范大学音乐系进修硕士，成为一名音乐老师。

大姑回忆道："以前我们功课都是你奶奶管，管得很严，错一分打一下。但你爷爷不是，他会看看错的考卷，问我们知道错在哪里吗？我们点头说知道，他就会说好，下次别再犯就好。

你爷爷大概一个月才回来一次，每次待个三四天就又走了，以前他回来我们姐弟妹很开心啊，他会买玩具，会把火车上的便当里的鸡腿、卤蛋留下给我们吃。后来我们慢慢长大了，他就会查我们的书包，回家就盯功课。青少年叛逆期的我们就会很不耐烦。"

与认真严谨的大姑不同，父亲与小姑从小就爱玩，他们会联手捉弄大姑，在大姑练钢琴时左右各趴一边，按住琴键不让大姑练习。奶奶当时的心力都在生活上，也或许是精力有限，实在管不住。因此，父亲与小姑的童年肆无忌惮，尤其是父亲，仗着自己聪明，在小学年年拿模范学生、全省优秀儿童等奖项，是家里学业最好的孩子。但是到了初中念"资优班"后，却不好好学习，在高中后被丢入"放牛班",又因为转组留级,比同侪又晚了一年高考。

高中留级,他跟一群混混同学到处玩闹、抽烟、喝酒,如所有少年,奔驰在以青春为名的世界里。

有一次,狐朋狗党怂恿他借车出去玩,由于只有父亲有驾照,他们让父亲做担保,几个人凑了零用钱跟另一名熟识的大哥租了车,先在校园门口溜了一圈,吸引了围观的女孩,然后想从台中开到草屯,却在中途被警察拦了下来。偏偏那时开车的不是父亲,是另一个没有驾照的人。他们狡辩不过,警察扣下车,把他们所有人以无照驾驶的理由带回警局。消息很快传到奶奶那里,傍晚奶奶来到草屯,将罚款给付了,赎父亲回家。

又有一次父亲在外头玩到深夜,拖着一身酒气与臭味走到巷子口,看到城隍庙边的路灯底下有个人影,他眯眼细看,才认出是奶奶。奶奶什么话也没有说,见到了父亲便起身往家门口走去,打开了门。此后父亲不再碰烟、酒、车,专心读书准备考试。而这些事奶奶也一直没跟爷爷提过。

对他们来说,奶奶才是维系家庭的支柱,她的学历阻碍了见识,但跟许多闽南女子一样,出身贫寒的她始终相信勤勉是唯一的方针。迫于现实,她对子女管教很严厉,分数不好就打,犯错就打,等到打不动了就骂,这是她认为自己能尽到责任仅有的方式。

转眼间,父亲即将迎来高考成绩发榜了,由于留级一年,他更没有重考的条件。家人们惴惴不安地评估着,认为他距离台湾辅仁大学历史系只有一步之遥。那是父亲梦想中的学科,但若是申请失败,他就只能去服兵役。如果等两年的兵役结束,那他就离大学更遥远了。而奶奶则觉得无所谓,认为当完兵赶紧投入工作赚钱才是正事。就在这时,爷爷请假从花莲回来了。

离家日久,爷爷笨拙的关心反而拉开了与子女的距离,每次回家他都感觉孩子的样貌在逐渐变化着,儿子长高了几厘米,女儿脸颊浮满青春痘,熟悉的陌生感令他无所适从。他的少年时代在战壕与饥饿中度过,跟这些成长于和平年代的孩子没有共同语言。渐渐地,迎接爷爷回家的欢迎词,从"下次什么时候回来",变成了"这次什么时候走"。

他看了父亲的成绩单,想了想,建议他去读军校。

"如果申请历史系失败,那就去报名'国防管理学院',同时学开车,因为当驾驶兵会比其他兵种更轻松。"爷爷依照他所知不多的经验法则,给儿子指出一条稳健的道路,于是父亲接受了,他同意这个备案。

几个月后,父亲剃了平头,背起行囊到台北受训,这一待便是十三年。

* * *

父亲一直有意无意地,不愿成为像爷爷那样的人。

爷爷晚年因失智症,脾气执拗暴躁,在饭桌上常与奶奶争吵不休,对自己的亲人大声怒吼,父亲几次安抚无效,就会带着愤愤不平的情绪回到二楼的书房，随后怅然若失地把我叫过去，说："以后我要像你爷爷那样暴躁，你得提醒我。我不想成为那样的人。"

这也成为我长大后，父亲与母亲吵架时我会拿出来的警告，每当他情绪激动时，我只要轻轻说出"你越来越像爷爷了"这句咒语，他便惊惶失措，好像看见了什么隐藏在自己体内的鬼怪，马上辩解说"我哪有"。

而当爷爷最终躺在病房里，全身布满管线，奄奄一息靠着机械维持生命时，父亲与两位姑姑也在病房外与医生讨论拔管的可能。爷爷意识模糊，他们决定不强行治疗，顺其自然迎来生命的大限。那天回家，父亲把我和弟弟叫去书房，郑重地嘱咐："我以后若发生这种情况，别拖着，该让人走就走吧。"

"我不想像你爷爷那样。"父亲再一次说。

不想成为像自己父亲那样的人，这似乎成为父亲人生的一项准则。

在父亲的成长经历里，爷爷似乎做什么都难展抱负。爷爷有过辉煌的时代，曾一度担任过蒋纬国的侍从官，但这样的荣光却并未给家里带来多少好处，反而后来因某事件发生，使爷爷在台湾四处奔波，让家中始终存在着对父辈的疏离感。父亲自小便见爷爷写信，写报告，联系以前的长官，汲汲营营而不得重视。即便提报早退，申请自谋就业也未获准，待到上级单位批准时，岁月早已老去。

爷爷退伍前曾想过去开大车，驾驶长途联结车，也学过簿记（会计）。可世界变化得太快，20世纪80年代的台湾高速发展，爷爷自青年以来就在部队里成长，何况终其一生，爷爷再如何努力也说不出一口闽南话。在他离开部队的高墙后,适应不了外面的节奏,迎面而来的是一股无可避免的淘汰旧时代的浪潮。

父亲将这一切看在眼底,有了前车之鉴,他知道部队不是一辈子的归宿,他应该尽早与外界接轨。于是,在部队时自学考取了代书执照,想退伍后转行做房地产中介。另一个原因则是母亲怀上了第二胎,我出生时父亲仍在外岛澎湖值勤,就连生产也不能陪同,所以当我弟弟即将来到世上时,父亲选择了提前退伍。

"我不想你们像以前的我一样,童年时爸爸都不在身边,我宁愿工作离家近一些,能常常见到你和你妈。"

爷爷是没有选择的,自他在河南被国民党部队带走后,他的人生选项就所剩无几。就算他曾获重用,也被意外所拖累;就算有着心爱的家人,为了生计,他也只能抛下孩子的故事书与玩具,再次披上制服,赶赴其他军营。

"所以如果我有选择,我不会像他一样。"对于爷爷,父亲这样说。

对于军人身份,这个父亲与爷爷仅有的最关键的交集点,他们俩做出了截然不同的抉择。这个选择让我明白,原来有时一个人对于另一个人的影响之深,不在于他主动做了什么,而是在于他的缺席。

* * *

我们陆续出生以后,家族抵达了一处微妙而和谐的平衡点。那时第二代开始肩起责任,忙于立业成家,老人帮忙带孩子、做家务,孤独的间隙被填满了。晚年的爷爷没有太多社交,他交流最多的人就是我。母亲说在我三岁时,爷爷会念童话书给我听,讲了太多遍以至于在听完熟悉的段落后,我会主动帮爷爷翻页,母亲一度误以为我是神童,竟能识字了。

"以前你们学校布置的美劳作业,都是爷爷帮你们做的,他还会带你们去公园玩。"

父亲跟爷爷的话开始多了起来。

两代人之间早年的疏离,因为照顾孩子而消融。他们会分享孩子可爱的时刻,说今天谁又顽皮拉坏客厅的窗帘,谁又因为贪吃在幼儿园里偷吃点心把同学惹哭。有一次,爷爷看着在地上爬的我,突然对父亲说了一句:"这小家伙跟你小时候一模一样啊。"父亲一愣,他以为爷爷早忘记他小时候是什么样子了。

父亲知道爷爷早年在部队里担任记者的经历,喜欢拍照,便买了台相机给他,鼓励爷爷去拍更多照片。父亲也更常在周五回家吃饭前,拐弯到车站前打包几个山东大馒头。

父亲发现爷爷的体力与记忆力一点一点流逝,他越来越糊涂了,时常忘记修理工具放在哪里,脾气也越加暴躁孤僻,只有在面对孙子孙女的时候才能和颜悦色。此时他们并不知道,就在我出生那年,爷爷的那场心脏手术,便已让死神为他按下了倒计时的开关。

"那种手术,即便当下救回来也会对全身器官造成很严重的影响,加上他的气管本就不好,后来你爷爷就大病小病不断,常跑医院。"父亲说,那次心脏手术从爷爷腿上截出大段血管移植到胸腔,留下从胸口到腿部一条触目惊心的裂疤,花了很长时间,爷爷才复健到可以下床行走。

后来爷爷在手记里写下,手术前父亲从澎湖请假回来,待在陪伴室里竟然比他还紧张。

父亲很后悔,没能陪伴爷爷去一趟河南。最后一次返乡探亲回来后,爷爷身体迅速恶化,本以为只是受了风寒,得了重感冒,医院却诊断爷爷疑似得了开放性肺结核。由于属于传染疾病,必须要到医院检查,并在负压病房做隔离治疗。

父亲永远记得,走进负压病房时爷爷独自坐在病榻上,手上插着输液管,目光失焦地盯着窗外,病房冷冽孤寂,缓慢地抽干爷爷的生命。那段时间里,医师团队不断检测,在爷爷身上测试各种新药,每次换药他身体都反应剧烈,没有任何好转迹象,反而更加萎靡,像即将枯萎的老树,等待最后一斧子换来的安宁。

我们轮流在病房里陪同爷爷,父亲与姑姑换班守夜。那阵子,家里所有人的衣服上都有着消毒水的刺鼻味。

爷爷时醒时昏迷,有时能清晰地讲出几句话,或让人喂他喝几口粥。有天夜晚,父亲下班后来到医院,累得连澡都没洗就想躺在病榻旁的小床上睡会儿,当他检查了下爷爷的点滴,赫然发现爷爷清醒地看着他,于是强作轻松地说了些笑话,讲孩子在学校里发生了什么事,说孩子也快毕业了。

爷爷突然低声说了什么,父亲没听到,他弯身凑了过去,爷爷又说了一次,这才听清楚:"你的中学毕业典礼我没有去,对不起。"

父亲给他拉上被子，转身假装倒水，几乎要把嘴唇咬出血。

* * *

爷爷走了之后，家里迎来了一次漫长的大扫除。丧礼结束，水面激起的涟漪慢慢平缓下来，奶奶则像是要扫去什么乌云似的，卷起袖子想去收拾爷爷的地下室。而父亲阻止了奶奶，平静地说让他来处理。

父亲独自一人整理爷爷的遗物，进度缓慢到肉眼几乎看不出来。在生活忙乱的节奏下，很长一段时间爷爷的床和柜子都没有搬动。地下室的空气森森冷冷，我们这些孩子再也没有下楼游戏的理由。偶尔的夜晚，父亲下班后，他会走到爷爷曾经起居的空间，看看在丧礼后被重新粉刷过的白墙，伫立良久，默然不语。

父亲花了约莫一年的时间，将爷爷的旧衣服、毛巾和床垫以及不知从哪捡回来的沙发，用车载去远方扔掉。接着，仿佛为了要驱赶寂静，他又带回一张乒乓球桌，开始教我和弟弟打球。于是，我们又开始习惯在放学或假日往楼下跑，展开一场又一场厮杀，将喧闹重新装满地下室。

父亲搬到三楼之后，便将二楼改成书房，把爷爷大半辈子整理好的资料都存放在这里。

如今的二楼是父亲的小天地了，他退休后重新回归对历史的爱好，书架、地板满满都是史料。我也时常在去找奶奶后上楼，跟父亲闲聊两句，问些关于我们家族的、爷爷的事情。他就会起身陪我翻阅那些厚厚的资料，从泛黄的书信里找出只言片语，指着那些照片说这是你姑姑，这是以前蒋纬国写给你爷爷的信，好像脑海里有目录似的。我们就是从这里重新找回了河南亲人的联系方式。

那天我们像往常一样，在二楼书房边翻文件边闲聊，桌上的收音机播放着陈楚生的《爱那么自然》那首歌，父亲突然停下动作沉默着。我看向他。父亲说："每次听到这首歌，我就想起你爷爷。"

"您这是怎么啦？"我问。

"没什么，我也不知道。"父亲将自己埋回资料里。

家乡

在小学时,学生资料卡上有一栏写着祖籍,我不知道这是什么意思,拿回去给父亲,他告诉我要写上河南,"因为我们是外省人。"

当时我并没有察觉,在很多人眼里外省人是不属于台湾的过客,意味着来自遥远海峡一端的大陆,操持着不同口音。撤退到台湾的败军之后,即便经过五十多年的融合发展,台湾本省与外省依然有着敏感的界线。外省人不会说闽南语,外省人多是军公教家庭,住在眷村或公宅,即便到了第三代,这个名词还是没有从社会上消失。

我第一次被这个身份所触动,是缘于一个女孩。她是台湾本地客家人,她告诉我,家里不准她嫁给外省人。我才感受到,这标签是撕也撕不下来了。

既然外省三代尚且如此,那最初来到台湾的那些人,又受过什么样的歧视与对待,又怎样面对自己特殊的身份?在日后,我翻阅爷爷

的手记,却发现也没什么不同,他这样记录他的居家生活:

我很少有赖床的恶习,大概是年纪大了一些,约莫在六点起床,洗漱后着运动服装外出运动,七点二十分前回家。运动时大多采步行,单日到台中公园,双日到旱溪河大道,路上有快步、慢跑的,也有练气功的,打羽毛球的也不少,路上熟人很多,不必太热情地打个招呼,以免分心运动扰乱他人,对身体来说蛮有益处。

七点二十分前回到家中,邮差送来的《联合报》《自由时报》只看前四张,其他我均不看,这两份报纸立场不同,所标榜的人也不一样,有时台湾当局的施政以及行政管理机构负责人被批评得一文不值,不过我心中有数,谁好谁坏,我早皆知。大概爱国家、爱人民,不搞分裂与制造麻烦的,不贪污钱到私人口袋的,不与"黑金"挂钩的,我们都可以接受。但唯有好多的政客,倡导"台独",还有一些无知的群众,随口附和,连自己将来的死活都不知道,真是可怜到顶。也有不少正义高瞻人士,他们为国家的统一奋斗不懈,还有大陆来台的一些外省籍人士,都是爱好和平统一的。这些事,报上每天都看得到。

八点前,我的孙儿们每个都要准备上学了,校车是到门口来接,下午校车送回来。大孙女今年九月一日已入学一年级,半天制,中午我俩分别去接。

到了九点,我在家中整理一下,拖一拖地板,好等牌友的电话,有时是前一日约好,也有时可以到朋友家中插队上桌,玩得不小不大,这是普通的消遣。因为孙子们约在四点半就快回来了,我也须赶回家,照顾他们。但我不是每天玩牌,有时也会到有文艺气息的地方逛一逛,家中人从不拘限我的私人生活。

——《鲜烟咸雨》

如同许多传统华人家庭,在新生代诞生后,家族的重心便转向孩子,每天傍晚我们回家吃奶奶做的饭菜、在爷爷的地下室玩的那段时间,是两位老人家最温柔的时刻。被孙子围绕的爷爷很高兴,他虽然唠叨,但从不说教,在出门牵着我或弟弟的手时,会骄傲地说这是我孙子,成绩很好呢!还曾带着表妹到巷口,要表妹给邻居演示一下新学的几招跆拳道。爷爷在另一篇文章又写道:

陪伴忘年之友是一个让你愉快而又感觉年轻的工作。我的五个孙儿们每天都与我玩在一起,早起七点五十,他们下楼或叫妈妈送到,然后在八点五分又被娃娃车载走,我再骑机车送一个,到下午五点时五个都回来了。每一个要我做的事不尽相同,我帮了他们也帮了自己。

帮了自己什么呢?

家对爷爷来说是暧昧不明的概念。颠沛流离的枯黄岁月里,他从河南辗转来到台湾,跟随国民党部队走遍北中南,直到四十年后才返乡。在台湾,他与本地女子结婚,育有三名子女、五名儿孙,曾经风光无限,到晚年却反复提起那遥远的故土。

有次我问弟弟:"你觉得爷爷有没有把台湾当成自己家?"他想了想说:"不确定。"我问他:"你还记得以前爷爷都跟我们说了什么吗?"弟弟说:"记得他说了很多,但具体内容都模糊不清了。"

"这么说来,小时候常听他讲起以前的东西,吃馒头呀,在行军时配大蒜大葱,好像都是些他来台湾以前的事情。"

现在回想起来,即便与这位老人家相处十多年,可当我试图去还原他的模样时,却感觉无比陌生,好像他是家中一抹影子,爷爷在想什么,牵挂什么,他怎么评断自己的人生,这些我们都一无所知,就好像支离破碎的可怜的小花的故事,想要倾诉却又组织不成语言。

* * *

如今台中的老家,是我出生那一年重新改建的。

老家五层楼,最初是建在 20 世纪 60 年代,之后于 1994 年重建。当年爷爷与子女讨论,最后将一楼留给奶奶,二楼给父亲,三楼出租,四楼给小姑,五楼卖掉,大姑则因出嫁分到一笔钱,如此我们全家人都有了妥当的安排。爷爷则将地下室改成起居室,长年在外的军旅生涯让他早已习惯在孤独与黑暗中才能睡得安稳。

那个时代,对外省子弟兵来说,要在异乡建立自己的家宅,意味着割舍部分回到故土的希望,我不知道爷爷心底放弃了多少,但他在台湾建立了自己的家庭,而且即便很少回家,他还是非常重视子女的素质教育。

台湾早年有眷村文化，为了安置跟随国民党携家带眷来台湾的外省人，当局安排了许多公宅，主要给家里有军人、公职的眷属居住。眷村融汇来自四面八方的口音，孵育出独特的小区文化，大人多忙于生计和家务，孩子们许多无人管教。结婚之初，爷爷仍在全岛各地调动，奶奶住在台中市中华路的娘家，等到大女儿出生，家里本来可以被分配一套眷村公宅，但爷爷觉得眷村龙蛇混杂，对家教不好，坚持要在眷村之外建房，楼房经过几次改建，从原本的二层，慢慢盖到现在的五层楼。

在整理爷爷遗物信件时，我发现一起与邻居的纠纷，这是一次抓赌事件引起的事端：

> 您好，谨向您报告台中市地区宪兵队配合管区警察抓赌经过，并逮赌徒之一蔡国筠"中校"，蔡家庭爆发不到十年，拥有一百余万元之不动产。时间：1970年8月19日。地点：蔡员自宅。蔡员服务单位："陆军84师中校预财组长"。住宅情况：有时赌牌九、麻将，于凌晨常有人出入扰邻。
>
> 以上属实调查报告，谨呈采纳，以免财务人员贪渎压欠之不可收拾，影响我军军誉。

台湾当时戒严，实施宵禁，不许有人在夜里出入街道，但军人薪饷微薄，为了补贴生计常有军官组织在家聚赌，甚至有财务人员挪用公款炒作股票等投机行为，爷爷可能是发现了这件事主动举报，结果却换来对方家人报复：

  1971年2月9日中午，莫名其妙我妻被他们全家打了一顿，事后我妻在床卧病两周之久，奉"总司令"之命，瞿"中校"调解，有军录。蔡员认为此事纯属误会，而在调解后于3月12日，我妻收到一封恐吓信，我再忍无可忍。蔡员于1970年8月19日晨2时30分，约数人聚赌，我告警，他于自宅被抓，此后一再找我麻烦，又用他太太名义向蒋"副院长"以莫须有之语气，说我欺压他，仗势欺人，被我迫得快要得神经病。

  最后两家邻居在军方主持下和解，蔡家几年后搬离台中。似乎比起言教，他更相信身教带给子女的影响。我又翻出了几封表扬信，说爷爷在小学门口见到家长、学生车祸，实施抢救，义勇可嘉，使受伤人员及时就医，充分表现出军人英勇本色。

  父亲回忆，小时候爷爷会带全家到台中石岗一户人家做客。他以前驻守在石冈基地时，附近有孩子在水圳周边玩，一个小孩掉进水里被冲走，路过的爷爷当下奋不顾身地跳下大圳救人，之后那户人家把爷爷当成恩人，每年都邀请我们家去吃饭，直到今日还保有联系。

  在五个孙辈出生后，家里变得嘈杂起来，爷爷很宠我们，地下室开始冒出许多玩具、沙发、黑板，有时我们扮起课堂上的老师，或改装成小面摊，爷爷都配合吆喝着叫卖，并且不知道从哪里捡回许多金闪闪的奖牌奖杯，将上面的名字涂掉后，给我们每个人设立模范学生的荣誉，我们则会喊谢谢张校长。

长大后我喜欢上摄影，大概源自爷爷。

比起很多朋友亲戚，家里的相册保存完整，从爷爷婚礼、父亲姑姑的童年，到我们第三代，每隔一段时间就会增加一两册，数码照片盛行的今日，打印照片跟不上手机快门的生产速度，即便如此，家里还是维持着整理照片的习惯。

他年轻时跟随国民党来台，是少数识字的学生兵，在部队兼职写稿、当随队记者，靠着稿费赚了不少外快。在那仰赖冲洗底片的时代，他记录下儿孙的成长时光，即便在他离世后，我们家也从不缺乏回忆的材料。爷爷非常珍惜那些照片，父亲曾说以前有次台风家里淹水，好几箱爷爷曾担任记者时拍的照片都被损坏，不得不丢弃，他为此叹息许久。

现存的一箱书信，从曾经部队长官的慰问、担任记者时的撰稿剪报、表彰奖状、兵籍资料，到各种考试或函授资格证件，整理俱全；另一箱则多是记录返乡的内容，三门峡亲戚的来信、河南杞县政府对台胞的问候，还有当年投资造纸厂相关契约的复印件，他甚至将整个过程来龙去脉写成简册，每封信件上都画圈批注。

另外的几箱全部都是照片，最早可追溯至他来台湾的那年，霉绿的相纸上爷爷和几名战友裹着不合时宜的厚棉衣，一脸木讷和拘谨，那时他还未满二十岁。然后随相簿往后翻，他变得精实，坐在战车上的笑容自信爽朗。结婚合照很气派，家庭成员增加，直到最近的彩色照片，妻子、儿女、孙儿端午节坐在沙发前合照，爷爷在正中间坐姿端正。

年少时无法窥见家人在身上的影响，成年后回头，我才渐渐发觉自己身上携带着前两代人的影子。透过落笔，按下快门，封存现实世界的一瞬。他没有选择这份职业，只为了家人而记录，这习惯爷爷交给了父亲，之后又传给我，我成为一名摄影师与作家，或许是三代爱好的某种归宿吧。

* * *

十八岁离开家乡到台北念大学，台风的记忆慢慢与夏日脱钩，唯一难以淡去的是种隐约的冲动，想去淋雨，去海边看浪涛，细密的雨幕扰动着沉淀的记忆。

每次看到新闻里的台风警报，我总会想家。姑姑说，以前老家附近什么都没有，只有几片田地，懒散地养着几匹马。但在我有记忆以来，老家在一条巷子里，对面城隍庙香火不断，骑着机车出巷口不远处便是铁轨，铁轨边上野花繁盛。越过铁轨不远处，一条裸露着河床与芦苇、病恹恹的河道是旱溪。

当热带气旋在海面集结，越过西部沿海的防线，带着滂沱大雨席卷而来时，旱溪水位便高涨，气势骇人。父亲会给我和弟弟披上雨衣，骑车冒雨到桥边观大水，水几乎漫过堤岸。犹记得那灰色的午后，风在耳边嘶吼，我们三人站在河堤边，看着堤下的泥浆大潮翻腾，卷入所有触及的事物，浮木、家具、垃圾、钢条、石块、水泥，抱持着要吞噬城市般的魄力冲向出海口。

大雨的巷子内，大人们为防台风忙进忙出，孩子则为放假开心地掩不住笑。我喜欢雷炸在屋顶上的轰隆巨响，喜欢蹲在屋檐下看雨水流过家门前，在排水沟边打转成小漩涡，卷入枯枝败叶。屋里父亲会跟奶奶说台风天就别出去买菜了，奶奶半醒半睡地应一声。母亲还没下班，弟弟也还在学校，那时爷爷会撑一把伞站在我旁边，说别淋雨太久，会感冒的。

十岁的我从未想过，在爷爷的童年里是没有台风的，就连大雨都罕见，有的只是黄土高原的干旱与滚滚风沙。当十八岁的爷爷来到千里外的台湾岛时，学生兵水土不服，多数染上痢疾、湿疹、皮肤病，他们穿梭过种植芭蕉的田埂，听到一声炸雷后暴雨倾盆而下，大水淹过脚踝、小腿，围困于此，这对那些狼狈的青少年来说几乎是末日的景象。

即便对热带岛屿的雨季一无所知，爷爷仍顽强地生存下来了。

在湿气浸泡下，一切都在加速败坏，墙壁漆面剥落，木材家具腐朽，水泥脆弱得一碰就碎，爷爷却学会了和雨水共存的方式。在年幼的我的眼中，爷爷那双满布皱纹的手什么都能修，从水泵、莲蓬头、脚踏车到板凳，经历过战争时期物资的匮乏，他擅长用最节俭的方式自己动手。他的工具箱有各种秘密零件，屋子里到处都有他为家人做的设计。他怕还没长大的我们碰伤头，为信箱跟扶梯粘上防撞垫，甚至自己调水泥铺门口的斜坡，修补盆栽与墙角的裂缝。

印象最深的是有次台风，台湾全岛灾情严重，经过一夜的风雨呼啸，隔天下楼时我发现家里竟如战备状态：泡水的家具堆在门前，沙包结实地垒起，到地下室一看，积水淹及半个脚掌，水面飘着尘埃与虫子的尸体。

后来听奶奶说，原来暴雨在半夜将水推进升降式车库，沿着车库的边缘涌入客厅，流淌进地下室。爷爷睡到一半听见水声醒来，发现床角、桌球桌、柜子全部泡水，深及脚踝。他当机立断，在一楼门口设置堤坝，防止水继续渗漏，搬家具，再提水桶拿出去倒，直到上午九点多我们下楼才发现情况，而在此之前，爷爷作为一道防壁，堵住了台风的侵扰，他独自缝补着这栋老房子，没有叫醒我们任何人。

那天之后，爷爷在地下室砌起一堵小小的墙，用于防洪，窗沿也被胶圈加固。现在回想起来，每隔一阵子，家里便会出现一些不起眼的修缮痕迹，是在我们各自去上班、上学后缓慢生长出来的。

* * *

爷爷晚年对故土的眷恋日益加深，每当他与奶奶吵架，都会气得说自己要回河南。

这些话大姑说她小时就听爷爷讲过，年幼的她不懂"大陆"有什么好，只是爷爷和奶奶争吵时，总会在最后一句补上："等我回去，就再也不踏上台湾了。"而奶奶总会冷笑着说："你回去找谁？回去都没人理你。"直到爷爷过世后，大姑才理解那并不是气话，而是一种渴望。

后来开放两岸探亲，我们每次都能从自河南回来的爷爷口中听到故乡的乡村生活，乡亲们吃着朴素的饭菜，偶尔会有村里的领导宴客，那边的大枣与苹果清甜……父亲会帮爷爷洗出相机里的底片，上面有他旅游过的少林寺、洛阳、西安，照片里的爷爷穿着台湾永远用不上的厚重大衣与狗皮帽，在黄土地上笑得很灿烂。

或许是曾担任过军中记者的缘故，爷爷把资料整理得非常详尽，信件与照片都分门别类放好，上面标注年份与地点，每件事情他都尽可能写得清楚，偶尔我们在地下室玩乐时，会看到爷爷坐在床沿翻起一本本的相册，陷进回忆漩涡。

奇怪的是，爷爷很少对台湾的儿孙提起他在台湾的故事。他对台湾生活的描述，多半是日后我从河南乡亲处得知的，他们转述爷爷所说的，台湾经济发展很好，在单位工作艰难，还有家庭幸福美满，但叙述中却没有傍晚他在餐桌前，比起馒头更吃不惯米饭，当牵着我们被路人用台湾闽南语搭话时，手足无措地不知道怎么回应。

在那些交错的叙述中，我不由得猜想，爷爷有意无意地在两边家人面前只展现自己过得较好的一面，就好像他的幸福只建立在家人面前似的。

对你来说，究竟哪里才是家呢？

想法随着躯体被烧成灰烬，最终无人知晓。落笔至此，我仍会想起爷爷在下雨天教我折的纸船，三角形的纸船，扁舟形状的纸船，在底部擦一层肥皂，放在门前的水沟上摇晃前进，纸船既不知道要去向何方，也不知道会在雨里航行至何时，他会纵容我跟着纸船摇晃到水沟前,直到船倒下为止。

那个时候爷爷会撑把伞,告诉我别淋雨了,我们回家吧。

三门峡家中客厅上挂着两岸亲人的合照。作者拍摄于 2014 年初次返乡时。

河南省三门峡市大王镇重王村。作者拍摄于 2014 年初次返乡时。

张秀兰在由造纸厂房改建的厨房灶台前洗菜。作者拍摄于 2014 年初次返乡时。

河南省三门峡市大王镇重王村对面的村委会与主街道。作者拍摄于 2014 年初次返乡时。

寻亲记

2014年，河南省三门峡市给我的第一印象是乱得很新鲜。在旅馆醒来时我浑身湿透，简陋的房间四面蓝漆斑驳，窗外透着苍白的光。

那是个炎热的夏天，北京鼓楼的街道像是烧焦了。大二参加了北京大学的暑期交流，为了满足对一众历史课本上人物的好奇，我来到未名湖边，想象着徐志摩，装模作样地对夕阳兴叹。在爷爷过世后，四年时间的冲刷里我从高中毕业，到台北读书，渐渐淡忘掉他的模样，直到要前往北京的前一晚，我突然非常想回爷爷的故乡看一眼。

点开地图，河南与北京不过半天车程。

"你说想去爷爷以前返乡探亲的地方？"父亲有些为难，一直以来跟大陆联系的只有爷爷，老人家走得仓促，葬礼后除了小姑跟那边通过一封讣闻就再也没有联系，地址早已遗失。他想了想，带我到以前二楼书房翻出积满尘埃的信件，从最后几年的信中整理出三个地址。

那次交流是许多台湾孩子第一次来到大陆，大家惊叹于北大的学风自由，周末校方会组织活动，带我们去居庸关长城、雍和宫、故宫等处参观，我则开始喜欢上街边用瓷瓶装着的老北京酸奶，以及深夜路灯下的麻辣烫。我感觉自己生活在历史里，那是在台湾的城市中从未感受过的氛围，就是那样的时刻，这座城市开始与我产生了某种神秘的联系。

结束后，校方给了学生一周时间自由安排，宿舍里大家七嘴八舌地讨论，研究组团跑去四川、云南会不会太远。有些同学想旅游，有些则继续待在北京，甚至开始找起实习的机会。当我说出要去河南时，同学们都惊呆了，他们问那里有什么好玩吗？我耸耸肩，表示不知道。

"你要去哪里？"

"不知道啊。"我拿出三座城市的地址。

"所以你要去三个地方？"

"不确定，可能一个，也可能三个。"

他们哑口无言，我则说："或许那里有我的亲人呢。"

那天傍晚我收拾好宿舍的所有物品，背着简单的行李包，带上一台小相机，跳上了高铁，开始寻根之旅。

* * *

垂直壁立性。同学们注意了，地理必考题。黄土的垂直节理发育，使黄土容易堆积，它是风力沉积物，乍看之下很松散，轻轻一摸就碎了，而且易溶于水，黄河每年挟带十六亿吨泥沙冲往出海口，形成冲积平原，上游黄土高原则会有水土流失的现象。

梦里补习班的地理老师比画着，他在黑板上画出平原与河流，又画出黄土的结构。他继续说，但是同学们，黄土具有垂直壁立性，只要是垂直向下的堆栈就可以非常坚固，所以陕西、河南出现了窑洞这种独特的民居形式。这些地区干旱，人们才可以在窑洞里生活，如果下雨，则会有坍塌的危险。

另一道题：黄河改道。这绝对会考。打星号。

黄土易溶于水，河岸容易被侵蚀，数千年来每次黄河改道、决口都会造成伤亡，百姓流离失所，所以自古以来，要如何治理好黄河是历代君王最头痛的问题。改道有多次是人为，最近一次是1938年，蒋介石为阻止日军前进炸毁花园口黄河大堤引起的泛滥。

但是同学们，黄土虽然有各种性质不利于人类生存，却很适合农业发展，河南是中国粮仓，你们看武侠小说里写的中原大地指的就是河南，小麦、高粱、棉花，这里的农业发达，适合旱作，所以题目问你，下列哪些作物黄土高原上没有的时候要怎么选？水稻，因为水稻在南方。

我醒了过来，心想我当然知道水稻在南方，恍惚半晌才想起自己在三门峡。

"可以找到最好，但找不到也别勉强，你自己一人在外多注意安全，我也会在台湾多找找其他线索。"父亲叮咛我要谨慎。

一宿睡不安稳，房间没有冷气，电风扇嘎吱作响，薄铁板门根本挡不住走廊醉鬼整夜的脚步声，七月溽暑，三门峡市烟雾蒸腾，我在头痛中想起昨晚从北京乘车抵达，在市集里吃的陌生食物，广场上徘徊不去的垃圾臭味，旅馆一晚二十几块钱，我用纸钞付账，柜台还一度不想找零钱。

失眠后的疲倦如狗，叼着衣角想将我拖回梦中，可不能再睡了。迅速收拾几件衣服，下楼退房，昨晚问明的公交车在广场的另一侧，清晨空气清新，不久后一辆外壳脏旧的小车驶来，司机开门，眯眼前这男孩操着台湾口音，带有困惑的眼神。

河南省三门峡市重王村。这是我和父亲从无数泛黄信封中找出的三个地址之一，比起开封杞县、三门峡灵宝，与重王村通信往返的频率是最高的，尽管我并不认识上面的人名。两岸亲人失联，是否能靠这些牵起仅有的线索，老实讲没有太大把握。

小车迂回地绕了半座城市，绕过盛开的公园荷花池，空无一人、覆满尘土的楼房，最终停下，路边的早餐铺子包子一笼三块钱，我点了一份，蘸醋吃起来。载货的大车经过泥路时卷起沙尘，几个民工投来好奇的目光。

"这里是重王村吗？"我顺势搭话。他们摇头。

"离这还远是吧？"他们伸手指了个方向，咕哝两声，我听不懂。

既然沟通无效，吃完早餐后，我起身向店家问地址，铺子前一名大叔说了些什么，口音实在太重，说了几次我才知道他是要我等一会儿。不久，一台农用拖拉机驶来，他比手画脚叫我坐上去，抓好侧边栏杆，拖拉机于是气喘吁吁地颤动起来，从黄土地过渡到裂开的水泥路面，荒芜的田野、陌生的树影与孤独的农舍交替，四周景色飞速掠过。

我担忧自己是否传达好了意思，我怎么知道到了没有？不会就这样被载去卖掉吧？不久后，拖拉机在一处路口将我放下来，男人伸出食指说笔直往前走，过这荒田，路经一处高耸的土墩便是重王村了。

上午八点二十四分，我走在黄土路上，天空无云，烈阳照得我晕乎乎的。持续走了半个小时，出现在眼前的是座小小的村子，水泥墙上漆满红色大字标语。

那是我第一次走入河南的农村。村子里的信件都是集体收发，信封上没有具体门牌号，我走进村子东张西望，除了田野与低矮的房舍外没有半个人影。正苦恼着怎么找人，此时有个女子朝村子口走来，我赶忙上前询问："请问这里有位张秀兰女士吗？"

女子打量我一番，露出诧异的表情，她说："跟我来，我带你过去。"

我愣愣地跟她拐弯，来到村委会前。这条水泥路应该便是重王村的主路，两旁有几家杂货铺子，正对村委会的是一座破旧的类似四合院的院子。女子推开栅栏，朝里面喊了一声，打断院子里两名老人与一名男子对晾衣服的争执，那三人呆住，抬头笔直地看向我。

"妈，你看谁回来了？"那女子用方言口音说。

我被看得有些不好意思，正要开口自我介绍，突然其中一名老妇人哇一声，泪水从满是皱纹的眼眶汩汩流下，她朝我快步走来，佝偻的身子上前便是拥抱。

"是你吗？你怎么回来了？"老妇人不断喊着我的小名，那是只有家里长辈才会喊的小名。我才知道，这名爱哭的老妇就是我的姑奶奶，张秀兰。

* * *

对河南亲人最初的印象让我有些诧异，我以为他们应该住在窑洞里，浑身带有土壤的气息，实际上他们却很像在台湾乡下遇到的农夫农妇，穿着朴素的衣衫，普通话讲得比预期要好。站在彼此面前，依然觉得我们有着相同的血缘。

姑奶奶娇小、佝偻的身子只到我的胸口。她与我在台湾的奶奶年龄相仿，看起来却沧桑许多，半边白发，不像她的哥哥有着军人的身姿，唯一相似的或许是眉间与眼神，隐约流露出动荡年代才有的哀伤与坚毅。我握着姑奶奶的手，感觉像抚摸着一截走过大旱的老树。

寻亲之旅比预期中顺利，让我一时不知所措。姑奶奶不断啜泣，一旁是姑爷和二叔，带我进门的女子是三婶，而这栋破败的院子，是二十年前爷爷建设的造纸厂，左厢房用作停放农机、轿车，右边已经完全破败，最里面的房间被改为老人家的起居室。

我解释了自己怎么从信件里找到地址,然后计划按照地址寻访。当时通信没有如今方便,就算想先通过电话跟亲人打声招呼,号码也不知道丢到哪去了。二叔不断担忧地说我太鲁莽,这里人生地不熟,要是走丢了怎么办?

"但是姑奶奶为什么会知道我是谁?我都还没介绍呢。"我好奇地问。

"我们都听过你的事。"二叔说。

我们进屋,二叔指给我看,客厅里斑驳的墙上是我们两边家人的全家福,一张在河南三门峡的窑洞前,一张是台湾老家的客厅,照片上的我还停留在小学的模样,爷爷看起来精神奕奕,在画面中间坐得端正。

需要多少年无数次反复地提起,多少回往返两岸携带来的照片,才能让一群人对千里之外另一群人的情况了如指掌?

二叔与姑奶奶对我们每人如数家珍,问大姑还在当音乐老师吗,小姑还在做导游工作吗,父亲的业务忙不忙,每个人的职业、求学状况、兴趣,他们几乎都能说得上来。这些都是爷爷告诉他们的,原来距离台湾千里之外,有一群素昧平生的人端着爷爷的相片,关心着远方的另一群人。可尴尬的是,我对这些亲戚却一无所知。

"你很会画画呀,你爷爷说你成绩好,在学校常得奖,这里还有你以前的画,他每次过来都会把一些新的照片带过来;你弟弟现在也上高中了吧?身体好一些了吗?"

当姑奶奶拿出以前我美术课画作的复印件,我几乎能看见爷爷在去机场之前，特地拿了几张画到便利店里说要彩色复印，店员问起时，他说那是我孙子画的。

与长辈闲聊着，亲切感很快取代了生疏。当天我们聊了关于这几年两岸家人的大小事，还有对爷爷的追忆，仿佛要将这几年间的空白给填上。我说起爷爷在最后一次返乡回台后，身体急剧衰弱，不久后离世。姑奶奶听到这里又默默掉泪，姑爷沉默着搂了搂她的肩膀，二叔说自从收到台湾的讣闻后，姑奶奶着急地想过去一趟，无奈诸多不便，最终仍是没去。

"本来接到消息，你大伯赶忙去申请手续，想带你姑奶奶去，可台湾太远了，通行证又不好办，咱们这边条件也困难。"二叔带有歉疚地说。

"你大伯是一直想去台湾，想着过去工作，以前你爷爷也带他办过手续，花了不少钱呢，但这边（证）是办下来了，台湾却只能接受三等亲以内的过去。自从你爷爷走后，我们也很难跟台湾的亲人们联系，如果不是你回来，恐怕两边是再联系不上了。"

后来二叔偷偷告诉我："姑奶奶听到你爷爷走了，大受打击，这几年身体也慢慢变差了，气色不太好，直到你回来那天她才又好起来。"

聊得兴起，老人家都不睡午觉了。姑奶奶在厨房里摊开砧板，揉面做韭菜合子，二叔用手机打了几通电话，台湾亲人到三门峡来的消息很快散了出去，所有人都惊喜不已，除了大伯与大婶在北京之外，其他人都说要回家一趟，见见爷爷口中不断念叨的长孙。

那天下午，许多脸孔挤进家中，就连附近的邻居听了都来凑热闹，让人应接不暇。长辈热情地握住我的手，激动地说你爷爷当时如何，外嫁到隔壁村的大姑也跟姑丈特地回来，洗了一堆大枣、苹果，再冲壶热茶。姑奶奶狭小的起居室兼客厅或站或坐挤满了人，将我团团包围，有些年纪小的表弟表妹来跟我打招呼，他们便说这孩子你爷爷抱过，随后低头问小孩，你记得张爷爷吗？

有新长辈进门时，我便起身问好，然后再无数次不厌其烦地讲述他们感兴趣的台湾生活，每当说到父亲、姑姑与奶奶的日常，他们会发出哦的赞叹，表示安心又羡慕，而说到爷爷过世前的时光，他们又不禁唉地叹息一声。

"你爷爷是特别好的人，走到哪里都愿意帮助人。"

"他常说起你们的事，还有你奶奶，说她爱漂亮，爱时髦。"

"他从不赖床，早上六点多就起来绕村子散步。"

"以前还住在老家（窑洞）时，他常给我们讲故事，说他在台湾当兵。"

"对！还有给蒋介石当侍从官，很了不起哪！"

"不是蒋介石，是他儿子蒋纬国！"

在乡亲们的七嘴八舌里，爷爷的另一种形象被展示出来，是一名风光无限的军官，在台湾生活富庶，儿女优秀成才，他不仅为人正直、学识良好还受过许多表彰，简直没有任何缺点。我听他们说着这位我仿佛从不认识的爷爷，感到有趣又好笑，同时心底暖暖的，知道爷爷一直活在所有人的回忆中。

夜幕笼罩在重王村，旧造纸厂的喧闹未停。

那晚姑奶奶与几个姑姑下厨，我们在家中吃了简单的饭菜，盐拌韭菜、花生、馒头（白馍馍）、炒鸡蛋，盛一碗疙瘩汤，都是北方农村本色。几个叔叔怕我不习惯，一直说先委屈点，明天去找家馆子再好好吃一顿，但我吃着倒觉得挺诧异，这些饭菜于我竟然有着家常的味道。

"你今晚要不跟我回城里去睡吧，这里怕你睡不惯。"二叔边讲着便要打电话帮我订旅馆，我赶忙喊不用，说爷爷以前睡哪我就睡哪。

他带我到一处小房间，房间贴着许多张奖状，还有张韩庚的海报。听到我要睡村里，姑奶奶很高兴，重新给我铺了新的床单，房间里没有空调，但夜晚沁凉的空气从窗外渗入，并不觉得闷热，二叔又拉来了电风扇，说打开房门吹风透气些，河南干燥，不用担心有蚊子。

"这里是你表妹小时候住的地方，现在我家大都住在城里，偶尔回来我也睡这儿。"他说明天再过来接我去附近玩，今晚先好好休息。

二叔拉开抽屉，东翻西找，拿出一本简陋的册子递给我。我一眼就认出那和家里爷爷习惯整理笔记的痕迹一模一样，每页都用塑料套单独放好，侧边用红色细绳穿孔绑起来，信纸泛黄，第一页标题工整地写着"鲜烟咸雨"，下面则是目录。

"这是你爷爷留下来的，你可以看看。"我听了心里一酸，想爷爷终究还是将自己一生的经历留给了河南，而非台湾。

简陋的浴室在隔壁，一条帘子，一根水管，一个大盆，农村里的生活便是如此朴实。众人各自回家后，我简单冲过澡，走出院子散步吹风，白日的炽热一扫而空，重王村除了院前村委会的一条街道有路灯，其他皆是漆黑，黑暗中隐约可见村民的身影，他们会拉张板凳坐在家门前纳凉，有时不发一语，经过时我发现有人，才吓一大跳。

被农田包围的村子外是一条通往陕西的公路，夜里不断有车灯呼啸而过，我抬头，完全没有光害遮蔽的天空银河闪烁，手机信号时有时无，看来今晚是没法与台湾那端通话了。等明天再报平安吧。

我绕了一圈走回造纸厂，推开铁栅栏，看见姑奶奶坐在门前等我。

"姑奶奶还不睡呀？"

"走好了吧？"

"嗯，要回去睡了。"

"好，那好。我也去睡了。"

她起身拨开小门前的帘子，却一直注视着我，我突然知道她想说什么，我告诉她，我还会待个两天，没那么快走。佝偻的身影才放松似的点点头，缓慢走进屋里。

* * *

黄土垂直节理发育，向下堆栈时结构稳固。我想起地理课，手里捏着一把土，颗粒细小，质地细柔黏腻，指尖稍微放松，风一吹便飘往远方。

二叔与婶婶带我和两个表妹到黄河边，招牌上写着三门峡黄河景区，此时正值非汛期，水势并不凶猛，但对第一次见到黄河的我来说依然辽阔。河岸周边没有太多植被，多是枯草与矮灌木，二叔指着对岸告诉我那边就是山西了，眼前的小台地在水库蓄水时就会淹没，现在有几名农人在上头种菜。几年后这块地方被合并规划为黄河沿岸旅游景区，一路上有许多树都是大伯种下的。

我拿了几个从台湾带来的小瓶子，装了几瓶沙，像爷爷第一次返乡那样。他带走河水，我带走土壤，想让父亲看看河南的根扎在什么地方。

在第一次寻根后续几年，我又回河南三门峡几次，带着弟弟、父亲，重新将两岸家族的联系桥梁架起。2019年，我正式到北京工作，放假闲暇造访三门峡，除了探望亲人，我的心底开始想写一个故事，关于从河南走出、历经半个世纪辗转流离的爷爷的故事。

临走之前，姑奶奶坚持要包个红包给我做路费，即便一再推辞，最终我仍拗不过长辈的好意，礼貌地收下，而这一收便犯了错误，因为接下来五位长辈给的红包我是再也推辞不了了。

"以后常回来，这里就是你的家。"他们说。

爷爷，你到底是一个什么样的人？

为什么从河南亲戚口中得知的你仿佛是另一个人？

为什么你在相隔四十年后依然渴望回到故乡，那对你来说究竟意味着什么？对我们来说又意味着什么？

接下来的数年里,我从留在河南、台湾的信件与各种长辈的口述中,将爷爷的一生重新拼凑起来,仿佛记忆苦难是为了对抗遗忘,又或者是我太痴迷这段血缘与历史的羁绊,当岁月长河的细节被展开检视,从文字与照片里浮现的张文学不再只是我的亲人,而是身处时代夹缝的弃子,用尽一辈子走在回家路上。

而这个回家的故事,要从一百年前说起。

家庭合影，由左至右分别为杨氏、某亲戚小孩、张金铭、张秀兰、张文学。拍摄于20世纪40年代，河南省开封市杞县。

第二部 离散

张文学没有想过剧变来得如此猝不及防,他和其他学生一样,以为这些都只是暂时的骚动,他们很快就会回归日常生活,就像童年经历的日军梦魇,噩梦会在醒来的时候结束。

开封杞县

我的前额抵在黄土地上,纸钱焚烧的烟火缭绕,坟头周边的枣树已是结实累累。这片栽种不久的园林里,树根扎在土壤浅层,顺着松软的土壤往北不远便是黄河。若我们能回溯时间的足迹,下潜到泥沙滚滚的河底,或许可以看见灵宝市老城门斑驳的梁柱。

一名女子在灵宝城门前等候多时了,信号始终没有出现。

夜里城关外漆黑,看不清前方的泥土路,初秋的清冷使百树凋零,灵宝城门十年来未曾修缮,墙角颓圮。她在等一道消息,那可能是一队高举火把的人马,或是一道人影,但无论如何在消息来以前,她只能等待。

杨氏自小便在张家做童养媳,那不允许自由恋爱的时代下女人所拥有的品德,让她耐心等到夫君长大,两人成婚后她操持家务,在烽火连天的岁月里管理着柴米油盐。日子本该是平静的,不料夫君嫌弃她年纪略长，杨氏的付出换来的不是赞美，而是暴力，甚至为了再娶竟打算谋杀。

每当挨打，杨氏便躲进柴房，在柴堆上默默抚着瘀伤，因为哭闹可能换来更恐怖的后果。她虽为张宅里的正夫人，可无人敢忤逆主人，只有一名长工，敢在厢房里惊心动魄的打骂后偷偷来到柴房为她擦药。

长工也姓张，本名张金铭，从开封来到家里帮佣几年，起先他假装在柴房里偶遇躲起来的杨氏，后来便不避讳。他擦药时笨手笨脚，偶尔弄疼杨氏，但杨氏嘴里喊疼，心里却是暖甜。两人年纪相仿，有时宴客，杨氏也没忘了给他从伙房偷带些好吃的，长工不挑食，杨氏常出神地看他狼吞虎咽的吃相，没有人教会她情感，可杨氏慢慢知道比起金贵的少爷，她更喜欢这个有点土气又老实的男人。

但此刻在灵宝城门下一个时辰过去，人影始终没有出现。

杨氏心里叹了口气，她想自己的要求可能过分了，就算长工再怎么喜欢自己，私自出逃毕竟严重，杨氏从来没出过灵宝，女人家身无分文，裹着小脚行动不便，若是等不到长工，那就真是死路一条了。

杨氏这时还惦记着另一个人，那是她襁褓中的孩子。夜里她从仆从交谈中得知少爷令所有人不得靠近厢房，便知道有事要发生，仓促收拾细软，临走前她曾犹豫过要不要带上孩子，但情势所迫，最终还是放弃了。

她几乎是咬着牙才别过头去，那是她怀胎十月的骨肉，是自己夜里即便被痛揍还是要亲自哺乳的宝贝，如果早知道长工不会来，哪怕是死，杨氏也想跟自己的孩子待在一起。

想到此际，她有些后悔了，后悔自己冲动。

或许她该先跟老爷聊聊的，可能一切还有转圜余地，但这下一出走，就什么退路都没有了。杨氏胡思乱想，想是她把自己逼到一步死棋上，也许那把枪是买来防贼用的，也许现在回宅子大方认错还能挽救呢？这时，一束火光从拐角闪出，快速朝城门袭来，杨氏心多跳了一拍。

快马奔至杨氏身前，火把照得杨氏眯起眼睛，黑色人影翻身下马，伴随着婴儿细小的哭声，男人的语气仿佛用尽了整条街的慌张：带走小少爷花了点时间，咱们赶紧走吧。

杨氏呆立在原处，看着长工，仿佛看着什么奇怪生物。有许多话想说，但一次全部涌到喉头，却连半个字都说不出来。

杨氏看着长工怀中的婴儿，伸手接过。孩子因为快马一路颠簸正哭着，哭得很精神，抱在怀中很暖，杨氏嗅着淡淡的乳臭味感到安心，长工还在比手画脚说着什么。杨氏知道她今天死不了，揪住长工的衣服用力拥抱，说，我们走吧。

那天夜里，大宅人马追出来时，杨氏与长工已经离开灵宝一段距离，隔天消息在城里传开，同样作为当地大姓的杨家人听说此事，杨氏的兄长气呼呼地冲进警局里拿了把枪出来，差点轰掉张家少爷的脑袋。而此时襁褓中的婴孩睁开眼，眼前是一片陌生的景色，母亲温柔地哄着他说，看这里是咱们的新家。

那婴孩便是我的爷爷,张文学。

* * *

1937年12月中,日本鬼子进逼豫东。我记得日军打进城内之前,天上先有一只观测气球,而后日军在大雪中攻进城内,大肆屠杀,尤其年轻男子一个不留,能留下的都跑进了天主堂,由神父保证不是"老毛子"即可。因为天主堂神父是意大利人,是轴心国之一,所以教友沾了这一点光。日军连续烧杀一周后,始组成工作队处理臭尸。这些话不要在这多讲了,它是一个永久洗不掉的烙印。

小时父母送我到私塾学习,读《孟子》《诗经》,学珠算,民国28年,我转入天主教圣类思小学,好像有点跟不上,尤其是算术。

后来我考上杞县立中学。民国31年,我在众多考生中坐上杞县中学备取的红椅子,全县仅有一个初中。附设四年制简易师范在内,全校仅有七班,每班四十名,合计全校两百八十名,旧粮仓作为校址,杨佩德任校长。

考上省立开封高中,民国35年我到开高报到。本来我是考的开封高级师范,一心想提早当个教员,毕业后能返乡服务,另一方面,也可早点挣钱,减少父母工作的负担。

自入学后,母亲不曾到开封来看我,但她经常找算命先生为我卜卦。那时我十六岁,妹妹秀兰才四岁,算命先生说,你的儿子张文学,将来会远离家庭,独自到东方闯天下,将来你们和他能见面的机会不多,这个小女秀兰是贴身的好女儿,你们年纪老了一切的事都会为你们办。你这个孩子的命太(孤)独啦!

于是在我读高二的那一年,母亲给我定了亲事,是小西关的一个女孩,想绑着我命不至远去,可我从来也没有与她同伴走过,不见也好。

——《鲜烟咸雨》

杨氏与长工私奔后,长工带她回到了开封边角的一处小城杞县,仰赖周边亲友的支持做起贩卖蔬果的小生意,杨氏由于裹小脚不便务农,便在家里帮人缝补衣物补贴家计,日子也还过得去。孩子长大了,即便张文学不是自己的骨肉,长工依然将他视如己出,两人用一颗颗白菜与手工针线活将孩子送进杞县最好的私塾。据说小时候的张文学出人意料地早熟,虽然偶尔调皮胡闹,但很小便懂得帮忙家务,在学习上从未犯懒。

在这期间,杨氏曾带着张文学回到灵宝,私奔的争端已经弭平,杨氏回娘家探访家人,张文学走在门外的田埂上,用草秆逗弄蟋蟀。这时,一名女子经过,蹲下来拉他的手,说:"你记得我吗?我是你姑姑呀。"年幼的张文学似乎由此察觉到了自己的身世。他甩开女子的手,跑回门里母亲的身边。

但平淡的日子并不长久,六年后中国爆发近代最惨烈的战争,卢沟桥事变、日军进犯上海的坏消息在人们口耳间流传,物价不稳定,远方饥荒中的哭喊若隐若现,动荡的日子里两人勉强支持着家庭生活。

日军侵华的阴云从北方袭来，笼罩在这本就贫瘠的土地上空。

国民党杞县政府扬言备战，征招壮丁集训，强制要求士绅、村民认购救国公债，以法币三万元修筑多处防空洞、堤防等工事，中共杞县县委也自发组织起各界民众抗敌后援会，兴办抗敌干部训练，一处处碉堡便逐渐在张文学童年的视野中竖立起来。

然而这一切的惶恐与努力，却在来年的六月崩溃了，在那一声划破夏日清晨的枪响后，短暂的交火声很快平息，紧接着国民党政府、军队撤出，日军进驻杞县。是月，蒋介石命人炸开黄河花园口，希望以水势阻挠日军的进击。黄河水很快漫过东南方无数村庄，泥泞的确阻缓了日军的战车与枪炮，但也无情地淹没了农地的庄稼，数万人流离失所，更埋下未来造成上百万人饥荒的种子。

杞县教堂里挤满了饱受折磨的灵魂，长工与杨氏带着张文学蜷缩在角落，放眼望去，神坛前受伤的男人奄奄一息，妇人啜泣着，老妪两眼空洞，仿佛等待着随时降临的死神，只有与父母走散的孩子毫无顾忌地放声大哭，哭得撕心裂肺，却盖不过教堂外日本的铁蹄踏碎农具的清脆声响。他们用军刀剖开怀孕妇女的肚子，将胎儿连同肺肠拉出，暴晒在长工曾经贩卖蔬果的那条大路上。肉贩摊位摆着一列被斩下的头颅，淌下的鲜血吸引了无数苍蝇。沿途的宅子里不断传出女人凄厉的尖叫。

据杞县县志记载，仅在那一个月里日军劫掠、奸淫妇女无数，屠戮周边三百二十六个村庄，无辜平民死亡四百三十余人。那年八岁的张文学在教堂里听着彻夜痛嚎，人生中第一次对战争有了清晰的印象。

然而比起子弹，让平民离死亡只有一步之遥的是疫病与饥荒。

1942年，杞县遭遇百年不遇的大旱，漫天蝗虫将本就歉收的粮食啃食一空，有些百姓沦为土匪，聚众拦路勒索、抢劫，他们再也没有多余的水分流成眼泪。据不完全统计，那一年外出逃荒要饭的饥民有十六万七千二百七十六人，饿死他乡的九千零三十八人，饿死家中的一万五千六百三十一人，其中全家死绝的有两千一百五十四户，全县人口由灾前的四十万人降至十九万人，消失的数字全变成乡间的野鬼孤魂，此时距离战争结束竟还有一千多个日子。

也是在这艰困的时间点，长工与杨氏有了自己爱的结晶，秀兰诞生了。

家人们送来玉米、鸡蛋等贵重的贺礼，长工放下市集的菜摊回来给杨氏煲粥，杨氏抱着小女儿，孩子看起来是那么瘦弱，她不禁忧虑地流泪。那个年代的河南，孩子的生命就如河岸边的芦苇般易折，她不知道自己是否能有充裕的奶水养育女儿。这时有双小手抱住了杨氏，张文学从私塾偷跑回来，他清澈的眼神惊奇地看着女娃，说："我当哥哥啦！"

那眼神瞬间消弭了杨氏的顾虑，她将秀兰熟睡的脸庞露出来，张文学像是好奇一件精美的艺术品般，用手指轻戳娃娃的脸颊，他感到一种难以言喻的情感，在他并不完备的语言经验里无法妥善表达。杨氏笑了，告诉他："当年你从灵宝离开时也是这样的啊。"

妹妹，张文学看着女娃心里默想，我要用一辈子来保你平安。

他们兄妹两人在一个苦难满溢的背景中成长，穿着军装眼神冰冷的日军逡巡于街道，长工与乡亲们彼此交换菜园里仅剩的烂叶、地瓜苟活。除了学校，杨氏能允许两个孩子活动的范围不超过巷口的小杂货。中国军队四处游击，在草丛里昼伏夜出，同日本人战斗。

由于粮食紧缺，他们会拿榆树皮做成面饼，那是将树皮剥下来磨碎，有时甚至加入一些泥土与野草烘烤而成的饼，里面没有什么营养，吃这种面饼虽能果腹，但人会日益消瘦。杨氏与长工会将干硬的馍馍、地里割下的韭菜先给两个孩子吃，自己则吃榆树饼，万不得已才会剥下几块给秀兰。

女娃年纪小，忍耐力有限，有时秀兰闷得受不了，在家里嘤嘤哭起来，杨氏安抚不了孩子，又害怕这会引来日本人，这时张文学便会堆着笑脸哄妹妹开心，带她在家门前玩游戏。

"猫猫儿，拉碾子，谁偷看，十板子。"

秀兰喜欢玩丢手帕，又叫猫儿拉碾子。这个灵宝地方的小儿戏，原本参加人数要五人以上，但张文学硬是改成了他和妹妹的版本，由他担任游戏开始的丢家，秀兰低下头不许偷看，游戏开始，丢家一边唱儿歌一边将手帕悄悄藏起来，然后让被丢人去找，通常张文学会故意放水，换到妹妹藏手帕时则假装找不到，如此消磨一下午，秀兰也累得睡着了。

长工的弟弟，就是后来我要称为张二爷的曾叔祖父，是当时在城里少有的钟表匠人，年轻时到开封学得手艺，靠着对机械原理的理解被政府单位重用。战时的张二爷不只修理钟表，连保养枪支、无线电维修都得靠他，因此家里或多或少得到了一层裙带关系的保障。他有时会带来粮食，有时会带来最新的消息。

有一天，张二爷抓着报纸冲进家门，把杨氏吓了一跳，他激动不已气喘吁吁地大声说："战争要结束了，日本天皇宣布投降，要开始撤军了！"

此时的张文学十五岁，在战乱中成长的他，童年随着日军投降也一并匆促地结束。

他曾提出过从中学毕业后就要回家帮忙，但是在杨氏的坚持下，张文学选择继续升学。升学意味着家里少一个劳动力，本就贫困的家中更要为此负担孩子的学费、生活费，张文学心里很清楚，可他也看到战争时期农村百姓的无力，看到叔叔凭借技术能进出机关大院。那时河南省识字率不高，只要高中毕业就可以在乡镇里担任教员，教职不仅稳定还很体面，他知道若是不把握机会，未来依然要重复这几年家人的飘摇动荡，但张文学心里有太多放不下的东西，他犹豫着。

"继续前进吧，"母亲握着他的手说，"别像我们一样。"

张文学明白了，他点点头。几个月后他考上河南省立开封高中，杨氏将几件家中最体面的衣服缝补好，整齐地收进布包，张文学拥抱了父母亲，摸了摸秀兰的头，承诺会不时回来看她，那时的秀兰刚学会喊一声哥哥。

家门前的那条小巷当地人称之为诗人醉街，一个美得不真实的名字。

离家那日空中飘落雪花,轻轻覆盖在饱经摧残的墙面上,将熟悉的景物涂抹成冷冰的白,杨氏与长工站在门前叮嘱儿子在寄宿学校注意身子,要好好学习、听老师的话,张文学走到巷口,回头看见还走不稳的妹妹跟跄地踩在雪地上朝他跑来,鼻腔一酸。

那个画面他一直到死前都记得无比清晰。

流离之始

张文学在开封高中的日子是人生中少有的静好时光。

学校住宿的生活单纯，平日课堂外，张文学会和同学到龙亭、大相国寺、包公祠等名胜走逛。即便当时这些古迹因缺乏维护显得残破不堪，但那依然给了他身处一代历史名城的荣誉感。街头的灌汤包与炒凉粉是他们这些乡下穷学生享受不起的美食，张文学与朋友们会在摊位前眼巴巴地流口水，然后于傍晚回到宿舍，喝着食堂给的地瓜稀粥。

跟许多青春期的男孩一样，张文学有着暗恋的对象。段尚雯是他们班上的班长，有着俏丽的短发，笑起来时嘴角漾起甜酒窝，休息时常抱着课本在老师跟前请教题目。她对女同学很友善，但对男生就不太客气了。

跟他们这些乡下的穷孩子不同，她是城里医生的女儿，在讲堂上那双收作业的手白皙柔嫩，没有任何粗活的痕迹。张文学由于成绩优秀，被老师选为副班长，他们一起排值日表，一起在课前喊起立、敬礼，一起带队在操场前唱歌，面对班长的不苟言笑，张文学被激起恶作剧的兴致，他会在打扫时偷用扫帚打段尚雯的屁股，等她冲过来揍人时赶忙开溜。全班也只有张文学敢这么捉弄她。

两年高中生涯里其他同学倒也识趣，从没有人提过要轮换班级干部的角色，撇开班级公务与打闹的部分，两人常在一起讨论功课。段尚雯字迹娟秀，擅长国文，数理却是短板，张文学恰好弥补了她的弱势。自习时她趴着小憩，口水沿着微张的嘴唇淌在手臂上，张文学看着好笑又可爱，但他绝不会告诉她，因为那会使段尚雯羞得好几天不跟他说话。

在那个情愫暗生的朦胧时期，张文学每个月回家一次。虽然开封与杞县距离不过三十公里，但那时交通不便，每次坐车他都要到龙亭前的站牌等早晨七点的客运。兜兜转转一阵后，他在昏睡中醒来，走进诗人醉街的巷子里，恰好能闻到杨氏烧饭的飘香。

那时秀兰总像预知到落雨的燕子，在巷口等哥哥回家。张文学下车后牵她的手，听她童言童语地说谁又欺负自己了。

因腿脚不便，杨氏从未到过开封县城，在孩子离家以后她日夜思念，有天杞县鼓楼前来了个老乞婆，她双眼半盲、披头散发，苍老的话音仿佛海涛，能以面相和掌纹占卜，杨氏便每隔一段日子找老乞婆问事，老乞婆就如能够透视远方般告诉杨氏，张文学现在正做功课还是正捉弄段尚雯，但她也告诉杨氏："这孩子是留不住的，你的孩子会前往东南方。"

1948年，解放开封的消息在街头巷尾间扩散，席卷中原大地。

抗战胜利后的和平与欢欣并未维持太久，报纸上开始出现蒋介石裁军的消息，随之而来的是各种国民党的贿赂、贪污等丑闻。6月解放开封战役打响，在首战告捷后，蒋介石却命令空军不顾一切投弹二十吨，大量民众死于战火。国民党军重占开封后强迫陇海铁路职工修理郑汴铁路段，因职工无法维持生计，引发四千人罢工抗议，而国民政府发布金圆券代替法币后，市场物价更是暴涨，开封处处民怨四起。

张文学没有想过剧变来得如此猝不及防，他和其他学生一样，以为这些都只是暂时的骚动，他们很快就会回归日常生活，就像童年经历的日军梦魇，噩梦会在醒来的时候结束。

但时间终究来到了那一天。那日操场上晴空万里，所有的学生集合在讲台前，讲台上校长的脸色却十分沉郁，他先是说了些爱国和学校精神之类的宣讲，之后退到后方，一名身穿军服的男人走上前，说学校即将迁移，在国民党军的保护下进行教育，他大骂现在"共匪"横行，鼓励所有有志于学的年轻人站出来报效家国。

"这并不是强制性的，"男人重申，"不愿意走的学生可以回家，但开封高中将会停学一段时间，你们的师长会与我们同行，国军一定会保障学生的安全。"

说罢，男人将话语权交还给校长，校长说："各位学生必须在今天做出决定，愿意跟随校方的请与师长报名。"

学生们沸腾了，他们议论纷纷，有人受到军官的鼓舞，热血上涌想参军作战，有人想回家与父母讨论再决定。宿舍里许多同学开始收拾家当，老师在门前摆了张矮桌，除登记报名外也欢迎学生与他们讨论。年轻而纯真的灵魂们愿意付出生命，却无法看见校长室里穿军装男人的冷笑，他知道只要控制了教师，学生便会跟着走，这是再容易不过的任务。

但张文学在那时脑中一片空白，他不知所措，想起杨氏、父亲与妹妹的身影，父母不在身边，他只能自己作出决定。

走还是不走？

若是不跟国民党军走，那就只有放弃学业回到杞县，等到战祸过去他可能成为一名农民，继续挨饿与贫穷的日子，但战争要持续多久呢？或许很快就会结束，也可能会持续很久。若是跟着国民党军走，学业可以得到保障，师长跟同学也在身边，等战争结束后就可以回家做一名教员。

张文学想起家里曾经一块馍分给四人吃的时光，知道自己就算回家，也还没有独立谋生的能力，在战争时也只能成为累赘。想到这里，他翻身到桌前抽起一张纸，想写封信给家人交代一下情况，但想了想，决定写自己受到国民党政府的赏识，要去当空军飞行员受训啦，请家人不用担心，并为自己高兴吧。

他将信折叠两次收进信封，收拾行李走出宿舍。在门口张文学遇见了他常捉弄的那个女孩，段尚雯倔强的眼神里满是彷徨与不安。她已确定会回到城里医生父亲的身边，却不知为何现在还在学校。段尚雯看着张文学，开口似乎想说些什么，但张文学先走上前，拉起她的手，将那封家书托付给她。

"你要平安。"张文学说。然后他在女孩说话以前松开手，径自走向了报到处。

＊　＊　＊

1948年5月20日，开封解放，国民党驻守的68军119师、143师战车第二团、交警六总队，全部经由陇海铁路向东撤往徐州、南京而至上海。我们流亡学生还一度流亡到汉口、长沙。之前我们也是不满内战在开封龙亭与前面的68师对峙过，之后，经刘汝明占领开封，我们成立联合高中，吃军粮再向东走。

徐蚌会战（又叫淮海战役）到来前，南京城就已经进驻了很多外来的单位，各地学生如同乞丐，满街乱军，穿军装的特别多，每个人脸上都挂着流离失所的无奈。

南京是国都，我们的学校由汉口渡江，落脚下关，但依然是仰赖军事单位，因为他们可以每天管我们两餐半饱。说来真是可怜，退也无路可退，家是越来越远。那时已是1949年2月，临时编组的装甲车部队、装甲兵子弟学校，以及我们联合第二中学，就在二月中开进了上海，首先进驻徐家汇。上海之大，确非其他都市可比，要是以河南开封来论，从西北城脚的龙亭，直接不转地开车到大南关火车站，最长也不过一个多小时而已，但我们在上海下了车，换乘汽车开了半天的时间才到法商学院,这才只是上海的百分之一。

上海这时既是繁华都市,又好像是新建的战场。以前的13军军长汤恩伯被任命为淞沪杭警备总司令,被要求组织战事。以我现在想来应是阻止解放军进入,但他们真正重点的工作却是抢运上海的金银财宝、重要物资,很多军事装备也陆续向张化滨码头集中,我曾在码头上亲眼看到,用绳篮向船上吊运木箱时,断缆时箱子张开,散落满地的银圆。

——《鲜烟咸雨》

接下来一年里,这些坎坷的路在后来张文学说给孙子听的故事中,被转化为可怜的小花的背景。国民党军强硬地给了他们兵籍身份,先前保障教育的承诺落空,他们需要靠搬运炮弹与枪械换取温饱,张文学先是担任战车兵第二团学生兵大队二兵,又在来年升为补给连下士,他在战场的边缘与同学翻捡尸体上有用的物资,也曾见过误闯防线被流弹打死的孩子。

作为学生,他们没有受到完好的教育,作为士兵,许多人根本没经过训练,不会拿枪射击,甚至没有一套完好的军服,当时他们并不知道国民党军在各地节节败退,只是在上级开会时的耳语间,不断听他们提及"剿匪"、徐州、淮河以及上海的字眼,军官们焦急地重复一定要想办法抵达,上海是他们最后的希望。

为搬运贵重文物、大量黄金,以及未来反攻最重要的人力资源,国民党军此时内部也发生许多混乱,每天营里都有逃兵,但他们已经无暇顾及。当一群流亡学生终于抵达上海，知道其实是要撤退时，许多人都哭了。联合高中里的孩子来自浙江、安徽、河南等地，战时多条铁路中断，他们不知道回家的途径，手上更没有半分钱，上级收到命令让学生登船，却没人管学生具体的未来该何去何从。

到此时，张文学已没有其他退路。1949年4月10日，他踏上一艘三千吨的货轮，登船是场灾难，富商带着珠宝、子女乞求逃命，一旁还有老百姓想闯入船舱，据守在船前的军官挥舞枪杆，厉声驱赶群众，同时低头暗示贿赂的价码，等到全体人员上船后他们清点人数，起锚出航。

货轮上的环境恶劣，让人联想到四百年前运送黑人奴隶的西班牙帆船，妇孺、男女全挤在船舱与甲板上。他们许多人身上还穿着从北方带来已数月未洗的破烂冬服，混合着皮屑，散发着恶臭。饮用水与粮食匮乏，生病者不分男女在船侧拉痢，屎尿滋生细菌，导致更多人腹泻、高烧。他们意识模糊，等待着不知何时才能靠岸。

张文学在甲板上，炎热湿闷的海风让他的衣袖黏腻。他忘记上次洗澡是什么时候，摇晃起伏的地面令人想吐，眺望大海可以缓解恶心。张文学曾在课本上读过古人对海的描写，想象过那一望无际的湛蓝水面该是多么让人心旷神怡，可当他第一次见到海洋时，他感到的却是让人深不见底的绝望。

他想家，想念母亲的温柔，父亲早出晚归的勤恳，妹妹的娇憨逗趣，但这时他却在离河南千里之外的海上漂泊。当船停泊在崇明岛时，张文学在甲板上听见一声落水声，随即而来的是一阵慌乱的嘈杂。

"有人跳海了!"

"他想试着游回去。"

"把他捞上来!"

这已经不是第一次有人跳船。听说有人跳船试图游回上海,看着波涛他也一度有这种冲动,却又立即想起自己不会游泳,跳下去只有溺死一途。张文学满腹酸楚,他开封高中的同学在这一年流亡间陆续被拆散、走失,船上许多陌生的方言交杂,却没有几处乡音。张文学把头靠在栏杆边,感到心情沉重。

"小兄弟,抽烟不?"他抬头,看见一名军官在身旁,嘴里叼着烟,自顾自地点火。

张文学还未反应过来,对方就硬塞了根香烟到他嘴里,于是他猛吸一口,却呛得咳嗽不止,军官哈哈大笑:"可别浪费这昂贵的烟草,吸烟可以缓解晕船,我们不需要甲板上有更多呕吐物了。"

军官相貌挺拔,穿着正式,腰间配着手枪,一看就是正规黄埔军校毕业的军人,他问张文学叫什么名字,从哪里来,听说了张文学来自河南开封高中,赞许地点点头,说:"家国栋梁,未来要仰赖你们支撑了。"

张文学低头不语,军官拍拍他的肩,说:"我知道你在想什么,我的老家也在北方,短时间看来是回不去了,解放军的确厉害,但也不代表咱们毫无胜算,先找个地方好好修整装备,重整旗鼓。"张文学看着军官,察觉军官眼里隐约有着看透生死的释然,他并不知道仅在几个月前的徐蚌会战里,军官才从解放军的战俘营中逃出来，在蒋纬国全力保荐下复职，他也不知道眼前的这个男人将会改变自己的一生。

"赵志华长官，司令找您。"一名传令兵匆匆跑上甲板，军官闻声点头，回头跟张文学说："咱们有缘再聊吧，在那之前希望你为反攻大业做好准备。"随后便跟传令兵消失在船舱尾端。

张文学的心底有了一丝希望，他开始相信回家的路并非遥不可及。

数日后，货轮前方的海平面出现了一抹小小的绿点，随着涡轮加速，绿点以肉眼可见的速度逐渐变大，可以望见起伏的山峦、蜿蜒的海岸，以及聚集在港口边喧腾的人群。舱内的广播响起，要乘客看好自己的亲属家当。张文学除了一只布包与一身破烂之外别无他物，他在脑海中重新描绘过家人的模样，暗自发誓不管得花多长时间，他一定要回到家乡。

1949年4月24日早晨，货轮于基隆港靠岸，这座岛屿的名称叫作台湾，在那段时间从大陆撤往台湾的外省族群将近一百二十万人，自此开启了两岸亲人分隔长达四十年的序幕。

少年张文学坐在战车上,眺望前方。拍摄于20世纪50年代。地点不详。

20世纪50年代,陆军运输车内的小组会议。此为张文学担任军中新闻通讯员作品。

张文学（第一排右二）等学生兵中秋节合影。拍摄于1951年，台湾凤山陆军基地。

20世纪50年代,台湾街头一景。此为张文学担任军中新闻通讯员作品。

20 世纪 50 年代，部队操练现场。此为张文学担任军中新闻通讯员作品。

随国民党离开大陆前的张文学（二排右）等学生兵。拍摄于 20 世纪 40 年代，河南省开封市。

1954年，张文学参与新闻函授学校所使用的证件。

军旅

在基隆登陆后,我们乘坐火车前往彰化鹿港镇,一部分住在渔会,其余分配到了鹿港中学。学生都已停课,由于语言不通,曾经闹出很多笑话,但不管怎样,这些十七八岁的大陆逃难学生们尚可得到当地住家的同情。在鹿港镇,我受一家姓施的家族喜爱,家中把我当儿子看待。之后有一天,我干脆做了他们家中的干儿子,我与施家称姐道弟地往来,但不管怎样,我总是外来的,不能真以子女自居。

第一次进入彰化县鹿港镇时,我们还是青年学生,并有军训管理,在我干妈家旁边的一个十六岁的女孩,却是每日下工后晚上都到施干妈家中。时间过了两三个月后,干姐姐告诉我她要与我谈一谈,果然后来她哭了。部队迁移时,她与干姐一同看过我两次,以后经常来找我,尽管语言不便,但意思全部了解,我们到外面小摊吃面时另加一个卤蛋,她老抢先付钱。春节到了,她送给我礼物，我也买一盒百花玲面霜回赠。过了新年，我们又移居台中县大雅乡。

——《鲜烟咸雨》

张文学失眠了，一如往常。

他盯着漆黑的天花板，热带的蚊子犹如空袭般嗡嗡作响，一百多名肮脏的少年挤在一间大房里，空气中弥漫着人的臊味，简陋的军营里蚊帐都是破的，隔壁大兵的鼾声此起彼伏，晚风穿过隔壁农田的芭蕉叶，带有猪肥刺激的腥臭。

每当他失眠，百无聊赖时，便就着月光，拿出偷藏在裤装中的碎纸与铅笔写日记。这些日记本该是家书，却因为无法送达，慢慢变成记录一段时间的喃喃自语。隔壁的床铺传来骚动，房间的另一头有人下铺，拿起水壶往胃里灌水，张文学也饿，那是失眠的另一个原因。

当时军中物质缺乏，薪金又少，人事动荡不安，部队里的士兵常趁夜换班时逃跑，希望能到外头再谋生计，却无奈人生地不熟，几乎都在隔天中午前被宪兵抓回来。

刚脱离战乱，部队中无论官兵都是面黄肌瘦，身上满布跳蚤、虱子等寄生虫，每日两餐糙米饭，这对于发育中青少年的胃就如荒漠中的一场阵雨，加上水土不服、共同起居空间脏乱，许多人因此得了绣球风。张文学在受训时甚至得了极长一段时间的赤痢。面对这么多人卧病在床，军中医疗设备却不完善，街坊中药材都要钱，于是军医能给出的方案只有隔离、休息。那时不仅人民穷，部队也穷得响叮当。

部队里每人月薪不过十六元新台币，学校借的零用钱仅止于购买笔墨，长官为了解决眼前普遍营养不良的问题，在部队里推行克难发展运动，找空地开辟菜园、养鸡养鸭，种子与家禽都是认购制，肥料饲料则由部队长官负责张罗，与邻近军民合作的方式要来剩余菜叶或厨余，为了喂饱自己，大部分的人都愿意积极响应，张文学也拿出仅有的几块钱，养了十五只小鹅。

一群年龄相仿、来台经历相同的孩子很快熟悉了彼此，各省的口音在每天嬉笑怒骂下，逐渐形成了另一种语言。张文学是这一批少年兵里少数能读会写的人，他周边来自湖南、浙江、山东的战友，有些和他一样从学校被带走，有些则被国民党军掳来，许多人大字不识一个，会央求他写信给家里，作为谢礼，张文学总能收获一些并不值钱的小东西，如弹珠、发亮的金属片和干粮。

推行改革后，张文学在部队中的每一天都过得非常扎实，从刺枪术、枪械保养、打靶到体能训练，有了充足的伙食，加上每天饭后一粒综合维生素，原先饿鬼般的脸色逐渐红润起来。张文学与战友们的体魄日益强健，常在累了整日后吃完饭倒头就睡，很快半年过去了。

由于能读写，张文学常被长官唤去帮忙完成一些文书工作，有天他在整理兵籍资料时，听见走廊对面连长室内有个熟悉的声音，他好奇地透过门缝偷瞄，却看不见人影，正纳闷着回到座位上时，办公室的门被推开了。

"哟，小兄弟，又见面了。"赵志华走进来，张文学赶忙起身敬礼，喊一声赵长官。他惊讶地说："没想到能在这见到您。"赵志华笑着点点头，看了看张文学，称赞部队训练得很好，不只体格健壮了，还这么懂礼貌。他说部队安排自己未来一段时间在中部训练炮兵，今天来就是来接手这个营，从今而后这便归属战车兵第三团管理。

"你识字倒是帮了大忙，这里有许多规矩得整顿，你以后结束训练多来给我打下手。"

有认识的长官在军中，张文学感到欣喜之外又多了一分安心，他答复赵志华一定不负国军栽培。赵志华与他寒暄几句便离开了。

从此部队里的氛围改变了。当时大多物资都由美军提供，虽然物质条件逐渐改善，但官兵素质低下，一个连中仅有两三人受过黄埔军校训练，士兵多半不识字，有高中学历者更是少之又少，这些人服从性强，却没有耐心接受正规教育，于是总部向各师团传达指令，成立短期讲习班、中期干部训练班，结训后再返回部队，官兵良莠不齐的素质才渐渐提升起来。

受到赵志华重用，张文学便不再和同龄的少年在一块玩了，开始认真参与到部队的工作中。他本就担任过开封高中的班级干部，带头管理一批同龄人比较有经验。

为了增强部队向心力，赵志华和其他干部举办了不少比赛，从战技竞赛到美工、文宣，节日时也组织表演活动。赵志华带兵多年，知道这些少年心性不稳，需要通过不同节目营造英雄的群像。体格是为了精神服务，士气是一场战争中最重要的资源，但最让他头疼的还是春节和中秋，在这些注定与思乡绑在一起的日子里，为了不让师团沉浸在哀伤的氛围中，赵志华会带头讲话、唱歌，吩咐厨房加菜，让大家都能吃得上肉，再给放几天假，让士兵外出散心，尽管这日子连他自己都觉得难熬。

夜里的营房里常传出此起彼伏的啜泣声，啜泣声后是一阵沉默，少年们想念在故乡的一切。

张文学是个要强的人，绝不肯轻易在外人面前流露脆弱的一面。他难过时会在傍晚走出营区，穿过虫鸣小道来到附近长满芦苇的河滩地，望着溪水涓涓不息，他想象那是黄河，想象父母与妹妹在老家平安无事。"秀兰已经上小学了吧？母亲的身子怎么样了呢？"想到这里他不禁叹了口气，挥手赶走不祥的臆想。

张文学与其他战友不同的是，他并没有感到自卑自怜，而且或许因为开封高中在他身上留下学识的根底，无论长官还是台湾本地人都很喜欢这个文质彬彬的少年，就如在鹿港的施家人一般接纳他。为了加深军民之间的交流，军校中设有台湾话讲堂，加强学习台湾闽南语。可是河南乡音在张文学基因里扎根太深，不管怎么开口练习，他始终学不会，在十多年后他与本地女子结婚时不会说，退休后也不会说。很多年以后，他年老时在自传笔记里评价自己："这辈子都没能说好闽南语，我真笨。"

夏日的余晖在玻璃上撒上的绚烂光彩，渐渐地淡化了，驻在某区装甲兵基地上的一个连队，又在院落中开始装上几盏电灯，来从事他们晚间的活动：三五个人围在一起，做下棋、谈天、读书、运动等课外活动,一团喜气洋洋。他们会讨论今天以前的往事,明天以后的新工作,以及怎样能够读点有用的书等。

这是多么融洽热忱而具有意义的时间,多么富有教育性、启发性的一种学术交流,处处表现出生活在一起、战斗也在一起,军队就是我们的大家庭的场面。看到这种场面的人,不但会感到特别有趣,还会被深深吸引,任何人看到这种生活镜头,都会流露出向往的神色,来羡慕他们在这种已经成为常态的形式下,已经有了以军为家的感觉。笑容常常挂在每个人的面孔上,每个连队都有不同的严格且优良的传统作风。这次当我踏进曾获四十七年度连级第一的模范连,一个深刻的印象就是"诚""爱""热"的精神。

这种精神传承已经很久,历任的部队长官都把它保持完整无缺,于是"家长"虽换了多个,可部队的向心力仍然在,每位士官都有一个"我是家中的一分子"的想法,大家感到特别融洽,可以说如兄如弟,如手如足了。

现在每个连队都设有一个小型的中山室,模范连当然也不例外,不同的是在这个中山室中,挂满了象征荣誉的奖品:银盾、镜框、锦标等,这些都是他们平时取得的成绩。在各项竞赛下获胜的这些奖品,把这个方形的房间点衬得分外壮丽,给人们一种清新的感觉。这里除了听点广播之外,平常就是大家阅读书报的好去处,也会在家属来访时作为会客室使用。

这个连队成立有十多年了,数年中大家都在用心训练,其中原来的班底,大都是内战时抛弃书包,投军从军的流亡学生,故大家都很年轻，身体健壮、学识丰富。在这几年中也不断地学习，使学智为之提高。自从新伙伴加入部队行列之后，除了军事常识的教导之外，大家还在学术上相互研究，因此就在无形中养成了一种读书的习惯。

大专分发来部队的预备军官，教士兵物理化学、三角几何；老士官们教新战士地理历史、读书识字，使每个人都在工作与学习中，部队和一所学校已无二致。据该连连长张志哲"上尉"称，临退伍的成员，大多原来识字很少，在退伍还乡之后，都会写一封畅通达意的信，部分老士官很好学，已参与高普考的，以及投考军事学校的也不少了。

一个鸡蛋两把面，传到今天已经很久了。据说那是在五年前一个姓高的连长所发明，因为他接任之后，看到这个连队好像真正是一个百十余人的大家庭，所以他越干越起劲，他为了想节省、实惠、直接一点，所以发明了这个，规定在每个人生日之时，就可以报排长申请。

起初是不太好意思的，之后似乎流行起来，成为定格。如果有人开玩笑就会多吃一份，后来又加以修正。加菜每月举办一次，庆生个人凭依据领取福利，能获电影票一张及休假一天，从而使其能尽情欢乐。但是每个人的生日总是秘密进行，绝不透漏，因为如果被人察觉，真的准保会使你烂醉如泥。

为了身心的健康，环境整洁应列为第一优先；为了情绪的提高，伙食要办得最好；为了今后大家要有出路，除了加强学习之外，还要有一个好的身体，这些他们都具备了。

搁笔至此，稿纸已是最后一张，张文学反复读了读，又思考半响，将标题写上，"我是家中的一分子——装甲兵模范连简介"。想到明天要将这篇稿子交给军事新闻通讯社，心里很是得意。

20世纪50年代至60年代，台湾弥漫着一种矛盾又复杂的情绪。

内战失利后，国民党军撤退至台湾，带来大量黄金与外汇储备的同时也带来大量贫困人口。第二次世界大战给台湾带来的阴霾还未完全走出百姓的生活，蒋介石却又实施戒严，推行币制改革，切断与大陆货币的联系，以四万旧台币折抵一元新台币。许多老百姓多年的积蓄眨眼间变成一张张废纸，快速而激进的措施让整个社会惶惶不安。

蒋介石急于筹措资金反攻大陆，却苦于手上没有税收，于是陆续用一连串机巧的政策从富人手中取得土地，增加当局持有的土地面积，又推动三七五减租、公地放领及耕者有其田等政策，增加农业生产。百姓对此评价两极，有人认为这是劫富济贫的好事，也有人认为这是大势所趋，但不管如何台湾是逐渐稳定下来了。

更大的矛盾则呈现在人口的改变上。由于语言、文化跟饮食的不同，来自大陆的百万外省人在各地与本省人爆发冲突。当时台湾刚结束日本殖民统治不久，还有许多人自小受日本教育，他们有些心仪日本的礼教风俗，爱哼日本歌谣，走在路上被来自大陆的外省人听见，勾起了抗战时期受日军欺凌虐待的创伤记忆，当街便会愤慨地开揍。此外，蒋介石强硬接管的手段让许多外省高层蔑视当地人，他们知道建设台湾的必要性，却又在心底认为迁台不过是权宜之策，终有一日他们还能回到大陆。

当局的口号喊得响亮，久了却渐渐成为空谈。

对于张文学来说，他怎么也想象不到自己重新踏上故土的日子，海峡之间偶有零碎的炮火响起，有段时间他在台中市立德街担任运输队队长，每天愣愣地清点物资，亚热带岛屿的蒸气让他恍惚间脱离现实，以为自己正在做一场漫长的梦。

1951年"黄埔军校"在台复校，招考社会青年、大陆来台学生。消息传出后赵志华找来张文学，说认为以张文学的能力，在黄埔的栽培下肯定能成为未来单位重要的人才。赵志华将推荐信交给他，张文学二话不说便答应报考，于是那年他进入"陆军装甲兵学校"军官训练班，毕业后担任战车兵军官，官阶升至"少尉"。那是他离开河南来到台湾的第四年。

那段日子里军中兴起一股学习风潮，每人都有机会修习专业知识，张文学闲暇无事就参加摄影、小说、新闻等函授课程的学习，各项都在半年内修毕，他感觉自己在文艺上的才华逐渐展露，自告奋勇承担了单位的文宣制作、环境美化、墙报制作等工作，甚至规划小型康乐比赛，得到不少奖状与长官的记功奖励。偶尔他也写些言情散文投稿，虽然还是退稿的居多，但有些报社采用后寄来稿费令他兴奋不已，因为当时的薪资待遇并不高，这额外收入不无小补。

赵志华看他对文艺工作感兴趣，推荐他去担任军中各种报道的新闻记者，这类记者不能影响本身职务，属于半义务性质的兼职，由单位向报社推荐聘用。张文学很快便上手，稿费加上差旅费，最高时比每月薪水还多上一倍。

在其他同袍都还睡在军营的通铺、集体操课时，张文学已经有了自己写作的办公室，甚至还有台小电扇。他找人用炮弹木箱的板材钉成一个简易的办公桌，专门用于写作跟看书。

作为特约通讯员，张文学拥有了一定程度的活动自由，他走访各地单位，将长官提供的材料与访谈结合，一面为报社提供文章，一面也宣扬各单位的政绩，举凡学术研究、时事分析到军中要闻，只要有题目他就能下笔。因此除了稿费之外，张文学也赚得了不少好人缘，他给自己取了一个笔名，张毅鸣，其中有着一鸣惊人的抱负，在当时军中算得上小有名气。

那几年的军事新闻职务，让张文学在工作之余过得格外充实，他的收入虽比战友略高，但全部都存了下来，仅有的一次奢侈行为是在春节前，他托从事外贸生意的王先生从香港买了支银色天美时（TIMEX）手表，那是全连队的宝物，堪称奢侈品中的奢侈品。当张文学戴上手表走过队伍时，所有人都会流露出羡慕的眼光，就连队长吹下课出操号时都要特意来找他对表，因为队长的表经常误点。

他没有辜负赵志华给的机会，每次一有新的工作便会尽最大努力完成，其余时间则拿来进修，偶尔维系跟各单位的关系，于是比预期中要快地，张文学迎来机遇的高潮。

有一天，张文学来到办公室前，感受到一种从未体验过的压迫感。他颤抖的手既兴奋又不安，敲了两下木门，喊一声报告后他推门入内。窗外飒爽利落的光勾勒出两道人影，站着的那位是赵志华,此时他已荣升"上校",担任"装甲兵团副司令",赵志华笑着朝那坐在桌后的男人点头示意,然后转过来跟张文学说:"想必你也见过,不过我想正式介绍一下,从今天起你就担任这位长官的直属侍从官。"

张文学诚惶诚恐地敬礼,他当然见过这个人,或说有谁能不认识他呢?

男人抬起头,摆摆手示意他免礼。那是蒋介石的次子,蒋纬国先生。

爱情与婚姻

台中的清泉岗昨日达到了有史以来最热烈的场面，既是因为"装甲兵司令部"举行扩大会报，也是因为各项文康举办盛典，在基地上掀起了高潮。

这次装甲兵所举行的会议，企检讨过去、策划将来，讨论如何真正发挥装甲兵的责任。

文康设施美轮美奂。

住在这里的健儿们，数年来都在风沙晒日下锻炼，不问生活如何，只求获得本领。如今上层眷顾他们，特拨专款建设文康中心，谁说这不是一个温暖的家园？从有人比喻它是"夜上海"可想而知。

新建设的西式"军官俱乐部"内有一个别开生面的交谊厅，除此之外还有撞球、乒乓诸娱乐，也有酒吧，还有一个贵宾招待室及各项文化设施供军官休憩娱乐。

"士官俱乐部"建筑时代化，比邻军官部之右，同样有着军官部的设备，其中另加福利供应部、浴室、餐厅应有尽有，又增加了一份大家庭的温暖。广大的介寿堂真是受惠官兵不少，这个宽敞的房屋不但空气舒畅而且声光极佳，一千多个沙发的座位特别舒服，媲美任何电影院，真不愧是后来居上。

　　这些文康设施给这里增色不少，也带来了新景气，是操课余暇的好去处，官兵自己的小天地。谈一谈笑一笑，蛮有意思，可是这都是智慧和心血的结晶，双手克难得来的成果。大会参加的代表们以及来自各县市的贵宾长官，他们看了这个基地设施后，不由得啧啧称奇，一方面看部队中的生活都有改进，另一方面也羡慕军人。

　　五大盛典"将星"云集。

　　上午十时，"参谋总长"亲临基地主持，罗列"将军"、蒋经国先生、省府周"主席"均亲临基地。在清泉碑揭幕之后，分别主持剪彩盛典，并检阅学生仪仗队。第一项清泉碑的揭幕礼，是由邱清泉夫人主持，由蒋纬国夫人陪至碑前，受到热烈的掌声。邱夫人深受感动，喜极而泣，想着今日这种伟大纪念碑的设立，将是一种永久存在的光荣，不枉军人一生。

　　蒋公立于重战车上的铜像，高二十余尺，建立于"装甲兵学校"前与通道的要口，特请周"主席"揭幕。基地上增添了不少贵宾，二十一县市长及阳明山管理局，均出席了这场盛会，高级长官"将星"云集一堂。蒋纬国先生赠县市局长为"荣誉营长"，他们装上了"甲"。

　　由十二部吉普车组成礼车队，把贵宾载到介寿堂前，请蒋经国先生主持开幕礼。他对这个基地的文康中心颇感满意,他高兴地说道,这又给官兵们解决了一项实际的问题。"参谋总长"主持扩大会报。开幕典礼之后,颁发有功人员奖章及各单位竞赛优胜奖品。台上的人看到眼光中有点羡慕。"总长"只有勉励大家,胜勿骄,败勿馁,继续努力,争取荣誉。

——节录自《铁马金戈——记装甲兵代表会》

作者:张毅鸣

他后来回忆长官蒋纬国,仍是一副敬爱与怀念的口吻。

蒋纬国英姿挺拔,为人幽默风趣,早年在德国留学的经验让他言谈间透着自信。他在经历过对日抗战和内战后随国民党撤退来台,台湾当局将400余辆装甲战车重新编队为装甲旅,下辖两个装甲总队,接收了台中干城一带日本人所建设的装甲兵设施,包含要塞、防空洞、地坑与宪兵队房舍,由蒋纬国指挥管理。

在赵志华的推荐下,张文学成为蒋纬国的直属侍从官。除了平日撰写公文、联络各队训练等事宜之外,当时蒋官邸位于台中市四维街,每逢节假日蒋家举办各种宴会,张文学会协助张罗活动,也负责接应各方达官贵人。

蒋纬国很重视对外形象,他习惯梳油头,要求身边将士展现德式的威仪,就连午睡小憩,蒋纬国也会戴发网以保持自己造型不被弄乱。这一丝不苟又时髦的作风,或许是他信赖张文学的原因,因为即便出身贫寒,张文学在军中也永远保持端正和体面的仪态。他欣赏这个河南青年的谈吐,时常让他跟随自己出席各大小场合,在那个年代里,主官与直属侍从官之间有着如家人般的亲密。

有了赵志华的背书与蒋纬国的信赖,张文学那几年在军中可谓风生水起。

跟随在长官身旁,他学会了各种进退的技巧,应酬上懂得适时敬酒几杯,下桌后再安排送个鲜花或小点心给对方。张文学在人际关系里如鱼得水,逢年过节时他会收到不少礼物,同样,他也会准备各种礼物给不同的人,像他曾为了送蒋纬国孩子一台足底按摩机费尽心思,跑遍台中几家百货公司比价(毕竟那可是一笔大钱呀),但在获得长官的赞赏后,他又能在人前风光好一阵子。

"你为人正直有礼,我很是欣赏。"蒋纬国对张文学赞誉有加,他们之间直到十多年后都有私人书信往来,蒋纬国甚至还以他当时军中姓名作诗相赠:

弓满剑拔劲风草,
长啸怒吼随谋僚。
若于大智学不倦,
干城卫家分忧劳。

对一个没有任何背景的河南穷小子来说,能受到蒋家如此厚待,张文学不胜感激。

1959年,国民党来到台湾已十年,其间推行的土地改革政策颇具成效，社会关系也慢慢稳定下来，随之而来的便是军民间家眷与婚恋的问题。

最初部队来台时本来就有许多年轻小伙子，他们年轻气盛，又以英勇战士的姿态走入民间，打动了许多本地少女的心，或许出于同情、敬佩与向往，男女在南方气候燥热的鼓动下私自谈起恋爱，但军中规定官兵不许结婚，当地也流行着"台湾女儿不嫁外省郎"的排外情结，双方之间的陌生还未完全化解开。

许多部队长官接到通报后，感觉儿女私情难办的同时，也理解少年们从大陆流亡来台的孤独与对家庭温暖的渴慕，有些加以辅导，有些则睁只眼闭只眼。少男少女的感情犹如干柴烈火般一触即发，他们在日暮时的荒田里幽会，或拿仅有的几分零钱给女孩买礼物，激进者甚至到对方家里对父母跪地哀求，若不答应交往就选择殉情。

这些甜蜜与酸楚的感情在当时引发了不少插曲，有些人选择私奔，女孩逃家后便躲到军区后方许多小木屋中，伙食由其他人从厨房中偷带出来，父母心急如焚地四处寻找，连营区长官假装不知道，但这终究不是办法。女孩肚子越来越大，最后纸包不住火，才到家里寻求认同。

"先上车后补票"的事件层出不穷，当局只好修改相关政策，开放军民通婚，除了在大陆已婚者查明后处分外，此时结婚不仅有眷属津贴，还有房补费用，加上军人薪饷增加，对当时贫困的台湾农家是很大的吸引力。为了安置眷属，台湾各地许多眷村兴建起来，形成今天独特的眷村文化。

张文学不是没想过婚恋，只是总感觉还有什么说不上的顾虑。

作为一名年轻有为的军官，他身边桃花盛开。以前担任炮兵连长，他每年都要随指挥部到彰化田中集训，在操课之外也协助当地居民务农、维护道路等，当地有一姓陈的人家很喜欢他，其中姓陈的长子是部队长官茶叶的供货商，待张文学如自家兄弟，积极为他介绍对象。

从斗六到竹山一连看过几户人家，张文学都是半推半就才去拜访。其中一家是彰化小有名气的黄府，做蔗糖加工买卖，家中七名姐妹女工做得极好，个个温柔婉约，娇媚可人，在当地有着七仙女的美名。于是在陈兄的热情引荐下，张文学与黄家长姐约会了几次，也在家中当着对方父母的面接过黄小姐递来的甜红茶，意味着可以再往下谈婚事，黄家对这位青年军官十分喜爱，频频称许。

隔日陈兄打来电话，说相约茶馆研究说媒一事，但到了茶馆，陈兄却有些尴尬。

"黄家人都特别喜欢你，这几趟下来你也看到了，他们家条件确实不错，只是有个顾虑，他们家没有男孩，都是女儿。"

"这意思是？"

"如果兄弟你不介意，希望能到黄家给他们家添个孩子，其他条件都是其次。"

听到陈兄这么说，张文学气得茶也不喝径自离去。他想自己是张家唯一的男儿，若是入赘别家，将来怎么对得起祖宗？

黄家的婚事告吹，陈兄却也不怎么气馁，他的儿子视张文学为亲叔叔，他的妻子对张如同姐弟，他甚至对张文学说钱不是问题，婚事开支他都可以支持，但黄家一事让陈兄对张文学有了些想法，他知道张文学心底有条敏感的线，因此介绍对象时更加谨慎。陈兄甚至想把自家妹妹介绍给他，但不好意思说，只找了个名义约张文学到斗六镇上的邮局，暗暗指给他看，那储蓄部右起第二个窗口办公的女孩就是自己的妹妹，张文学依旧不置可否。

陈兄的苦口婆心没有任何成效，他叹息着对张文学说："我知道你在想什么，但你也得对张家有个交代呀。"

张文学心里清楚陈兄想说的，只是不太愿意面对这件事，即便十年很快过去，他还是觉得台湾只是短暂居留，他想回到河南家乡，希望自己成婚时能由父母主持，但现实又无情地阻断了这样的可能，这几年里他也遇过不少好姑娘，思考着结婚的事，但结婚意味着将要扎根在台湾了，那若是未来两岸开通，自己还回不回那黄土地的家乡？

有天夜里，季风将冷峻的寒气送入官兵房舍，岛屿的冬日与大陆不同，连绵的细雨使人忧郁，张文学在一天公文的批改后累得瘫在床上，他反复醒来睡去，梦却是干燥的。

梦里的场景是他没见过的一块土地，黄灰细致的土壤壁面凿刻出民居，窑洞前有棵干瘦的老柿子树，柿子树边有处水井，张文学走进窑洞，木板床上有一名裹着小脚的妇人，身边半跪着一名女子和一名陌生男子，张文学认出来杨氏的模样，惊恐地想母亲怎么如此消瘦。

女子扶着杨氏喝水，但杨氏气若游丝，不愿喝水，她从算命老乞婆的卜卦得知孩子还在人间，在遥远的东南方向，她对女子频频叮嘱："你的哥哥一生孤苦，你得为他找好对象，不要让他回来没有归宿。"

张秀兰流着泪承诺了，干瘪的嘴唇满布裂痕很难言语，她用手帮母亲阖上双眼，那具瘦弱的躯体渐渐失去温度。张文学想要呐喊，眼前却像电影散场后笼罩下来的黑暗。他醒来。窗外仍是瘖哑的雨幕。

不久后张文学认识了杨幸子，这个女孩是当时台湾年轻而贫穷的家庭的缩影。

幸子的外公是日本殖民政府的地政人员，在中华路有几栋房产，可抗日战争结束那年，一场美国人发动的空袭来到台中上空，她的表姐背起四岁的她，用棉被罩住桌子躲在下面，等入夜就往雾峰避难，等他们回到台中时空袭结束了，家业也成了一片废墟。

幸子很小就学会女工，六岁便在街头帮爸妈照顾煎饼摊子，小学毕业后进入台中港工业区，成为接下来台湾靠加工出口经济起飞前的一块基石。

青年时期的幸子长得很美，喜欢笑，笑得合不拢嘴，她的美带有一种直爽的个性，不时从眼角流露出巾帼女将似的剽悍，贫困的背景完全没有减损她的自信，在台中港工业区她是大家簇拥的中心，很多附近的技工常借故跑去厂房里想偷看幸子一眼。

在工业区里女工常结伴联谊，有天黄昏下班时间，几个混混骑摩托车堵在厂房门口，想搭讪几个女工不成，演变成拉扯和争执，混混把一个女工推倒在地，本来不关幸子的事，她见到后却气不打一处来，扔下包站在倒地的女工身前，狠狠瞪着几个男人。

"怎么，你也想出去玩？"一个男人轻浮地调笑。

幸子没有接话，只是继续瞪着几人，混混们不知怎么往下闹，尴尬地愣在原地。几声哨子吹响，厂房的警卫从远处跟着骂声赶到，他们这才悻然催动油门离去。

那天以后，幸子成为台中港工业区所有女工仰慕的对象。

张文学认识幸子是在一次联谊中。台中清泉岗的军官俱乐部之外，偶尔军官们也会组织民间的交流活动，许多对佳偶就在这样的环境里诞生，当时外省男人顾家的印象在社会上流传，何况张文学又是年轻挺拔的军官，倒贴的女孩自然不少，这样的活动参加过几次，他早已了无兴趣，直到认识了杨幸子。

他对她的第一印象是这个女孩挺酷。联谊活动在一家小餐馆举行，几名军官包场，在周末下午放音乐跳舞，碍于军纪现场没有酒水，只有些简单的冷饮和小食，幸子对这类联谊活动很好奇，刚巧有熟识的朋友带她参加。在朋友的介绍下，张文学礼貌地邀请幸子跳支舞，不料幸子第一次参加这类军官联谊，不懂交际舞，却又不懂拒绝。

"不会跳。"幸子直截了当地说。张文学以为那是拒绝，按照以往的习惯他将简短闲聊两句，然后坐回位子，但那天看着幸子闪烁的眼眸，他突然真的很想跟这女孩跳支舞。

"我教你跳吧，不难的。"他再次试探，幸子爽快地嗯了一声，让他拉起自己的手。

张文学很快就喜欢上了这位有个性的女孩，他会穿着笔挺的军装到工业区接她下班，在门口引起一阵骚动。他带她去看电影，到泡沫红茶店约会。就连长官蒋纬国都看出这青年谈恋爱了，故意把自己吉普车的钥匙留给张文学，说这车需要多跑跑，准许他在公务之外可以自行用车，于是两人假日也不时开着车到台中的郊区兜风。

他想过求婚的事，但平常用笔在稿纸上能写出花的文艺青年，到人生最要紧的关头脑中却一片空白。

幸子话虽不多，但女孩子都喜欢时髦的事物。张文学没有鲜花与台词，只是跑了很多家百货公司，挑中一件不列颠制的墨绿色呢绒大衣，那件大衣的款式直到二十年后仍不过时，颜色鲜艳如新，他带着包装好的礼物盒来到幸子中华路的家门前，敲了敲门，幸子开门出来，张文学让她换上大衣。

"你穿起来很好看。"他说。

"谢谢。"幸子用字简洁。

"能这么看你穿一辈子吗？"张文学说。幸子脸上露出罕见的诧异，呆了半晌，点点头，这婚事就这么允了下来。

结婚那天场面隆重，宴席数十桌，张文学邀请了许多军中同僚与长官到场，由赵志华主婚、蒋纬国证婚，他牵起幸子的手，为她戴上戒指，就此在台湾成家。

婚后有段时间张文学依然住在军中宿舍，直到大女儿出生后，他拿出积蓄中的六千元与其他人合资购地，在台中市十甲路盖了一栋房，这才让幸子从中华路上的娘家搬出来。张文学没有选择眷村，是因为他感觉眷村环境鱼龙混杂，不利于学习，他非常重视对子女的教育,坚持要有自己的楼房。

大女儿纯琳很早记事,那段时间张文学回家,和幸子在厨房揉面做饭,有说有笑,她还记得父母在浴室里嬉闹的声音,当时年幼的她不懂男女之事,只感觉父母感情很好,那是她对于性最初的启蒙。

张文学从商场买来果汁机,将黄豆煮熟打碎了,以为能做出豆浆,却只留下一锅糨糊般的豆渣。他们休假时带女儿出门玩,到哪边吃到好吃的小吃,回来就和幸子讨论怎么做,反复试了几次酱油、香醋和糖的比例,最后做出的卤鸭翅吃不完,分送给周边的邻居。

婚后的幸子厨艺突飞猛进,在搬出中华路前,她和表姐学了几手家常菜,最拿手的是一把辣椒、大蒜下油锅,大火爆炒竹笋肉丝。她跟附近的西点铺子要来不要的面包糠,裹在薄薄的猪排片上油炸,她煎旗鱼肉排、韭黄炒黄香干、炒蒜蓉空心菜,让每次张文学回家时,从不远处的十甲路口就能闻到饭菜香。

幸子是个好女人。张文学心里感叹,有时夜深人静,他抚摸着妻子与女儿的睡脸,情到深处,觉得这辈子他就待在这了吧。

1963年8月5日,蒋纬国调任台湾"三军大学"陆军指挥参谋学院院长,张文学所属部队也迎来了大规模的人事变革。张文学负责联络事务,往返新竹湖口与台中之间,有了家庭责任后他感觉做任何工作都多了一分干劲,他想着得多挣点钱,给女儿买点玩具,过几年还得再翻新一层房子。

那段时间张文学是幸福的,他还不知道在不久的将来,一件影响台湾政局的重大事件即将发生。

张文学与杨幸子婚礼现场,宾客满堂。拍摄于1962年,台中。

婚后一年，张文学、杨幸子抱着女儿纯琳出游。拍摄于 1963 年，于台湾日月潭。

张文学自建的第一个家于十甲路落成后,三个孩子于卧房玩耍,分别为纯智(后左)、纯琳(后右)、纯珍(前)。张文学拍摄于 20 世纪 60 年代,于台中。

杨幸子牵着纯智、纯琳在拜访完亲戚后,到海边游玩。张文学拍摄于20世纪60年代,于台南安平渔港。

杨幸子抱着一岁的儿子纯智，与大女儿纯琳（右下）到动物园参观。张文学拍摄于 1966 年，于台北圆山。
注：背景为台湾知名大象林旺，原是第二次世界大战期间在缅甸为日军服役的工作象，1945 年被孙立人部队得到后辗转送至台湾，深受台北市民喜爱，于 2003 年死亡。圆山动物园于 1986 年关闭。

湖口事变

对于张文学而言，赵志华是恩人、是师长，也是见面便倍感亲切的朋友。但在爷爷离去之前，我却从未听说过他。直到有一次，在老家的书房，我和父亲一起收拾爷爷的遗物，翻出几张他在部队时的老照片。

老照片里有他与几名重要人物的合影。抚开尘埃，泛黄的相纸上面生了些霉斑，我指着其中一名高个子的男子，他相貌堂堂，表情严肃，站在爷爷的身边显得高大。我问父亲这是谁呀？他看了一眼，说那是赵志华，爷爷以前的长官。

"他跟我们家关系很好吗？怎么没听说过。"

"关系好不好，不清楚，但是对我们家影响重大的人。"

父亲说起湖口事变，说爷爷的命运是如何发生巨变，从蒋纬国身边的侍从官，跌落到花莲保养厂的兵工。这段历史就连两位姑姑与奶奶都一无所知，只有父亲在读军校时偶然听闻，好奇地找爷爷求证，他才说真有此事。

那件事情的背后，真相究竟是什么，如今已很难得知，父亲只知道爷爷在他成长的过程中不断辗转各地，眼见自己的学弟一个个升上将官，他却只停留在中校的位置，黯然落寞。最终他放弃了战斗官科，转往后勤等待退役。

"他很少提起在军中的事，那时候戒严，老人家都很沉默，不愿意多谈，也是到他去世前几年我问了，他才愿意说。"

我问父亲，如果没有发生这起事件，那我们家会有什么改变？

"谁知道呢？可能爷爷会有机会晋升，我们家会有更好的生活，或许我在部队里会因此混得不错，不会提早退伍。"他说在他知道爷爷受事件的牵连后，就怀疑自己是否也有可能受影响，因此决定要提前离开部队。

"但假设的事情不好说，况且如果我待在部队里，那就没办法像现在这样常常带你们跟你妈妈出去玩了。最主要我还是希望多陪陪家人。"

所谓的因果，究竟是从何开始形成的呢？是从爷爷选择跟随部队从开封的高中离家，还是在那艘船上遇见赵志华起，这一切都被注定了？每个家族的历史都被隐形的大手给拨弄着，一发牵连一发，最终成为我们的命运。

* * *

"我很满意我的生活，以及在各个阶层所创下的绩效，尤其是我家庭的组合以及健康快乐的子女们。可有件事在我心中一直是个难言的遗憾……"

简陋的房间没有对外窗，只配了张单人床与书桌，墙面上白灰的碎屑剥落，连同蚂蚁尸体被赶到角落的蛛网边。

从假期中被急召回来的张文学满心疑问，坐立难安，起身拿起杯子，想到走廊外倒点热水。门边的一名传令兵见了，立刻接过了水杯说："长官，我来就好，您休息吧。"随后以目光示意他待在门内。那是警戒的眼神。

趁着外出，张文学拦住一名眼熟的同袍："怎么回事？现在情况怎么样了？"但那人看了看他，欲言又止，只是摇摇头。

数小时过去，半点消息也没有，张文学在饭厅用过午餐，被带到房间小憩，但他睡不着，忍不住想着昔日的上司。此时，赵志华正因一时冲动闯下的大祸而被羁押。而与赵志华关系甚密的张文学明白，这一次，他的命运又被看不见的推手推向了另一个轨道。

他想到杨幸子。在台南休假时，张文学带着妻子与女儿久违地出来透气，他们在百货公司看见一条漂亮的裙子，他看出幸子非常喜欢，想要掏钱买下送给她，却因为价钱幸子不断推辞，嚷嚷着女儿的奶粉钱还得省吃俭用呢。张文学嘴上说好，心底已打定主意要绕回去买下来，让销售小姐包装成精美的礼盒，给幸子一个惊喜。不料被突然召回总部，张文学只能把两人安放到幸子的亲戚家里，赶往桃园。

张文学在总部待了三天，不断被传讯问话，同一件小事被变换各种方式翻来覆去地盘问，这一切让张文学感到精疲力竭，他知道这是审讯时的惯用手法，令被问话者精神时松时紧，就能透出本来被隐藏的口风。

在清冷的小房间里，张文学感到时间漫长得难以忍受，他已经三天没有联系家人，本来还想着要是可以，等出营区后他就先回趟台南，接幸子跟纯琳到台中，但这时的他已没有力气再想绕回去买裙子的惊喜，突如其来的变故已经将他的精力磨损殆尽。

事变发生三天后，张文学被告知，从即日起他可以恢复假期，回去与家人相聚了。仿佛要摆脱让人恐慌的阴霾似的，张文学飞速离开营区，搭上一班车回到台中，到台中车站后，立刻挥手招了辆出租车奔往家中。

幸子早已在家里等他，当张文学开门时，正见到她坐在床沿给纯琳喂奶，张文学放下行李，还没来得及脱下军装，便走到幸子面前将手放在她的膝上，这才发觉自己的手一直微微颤抖。

"怎么了？"幸子困惑又不安地问。

"没什么，有些累了。"张文学说。

两个月后，他听说军法局以"意图使军队暴动而煽惑"罪，判处赵志华死刑。

* * *

1964年年底，一封调任通知书从总部转到张文学手里，告知他将调离总部，发往花莲联合保养厂任职。

家里的气氛低迷，杨幸子不理解，为什么原先好端端的职务，突然被调遣到岛屿最边缘的地带。怀第二胎的她情绪不稳，对张文学大发脾气，拿着他的公文包，要他去跟长官申请以家事为由暂缓调任。张文学满腹心事无从说起，只能默默承受一切。

"长官对我有所期望，我先去花莲完成任务，同时再申请调回台中就好，不会花太长时间的。"张文学安抚着幸子，真正的原因他既不想谈，也不能谈。

那一年年底，我的父亲出生，张文学的军旅生涯开始下坡。他在医院陪伴杨幸子与刚出生的儿子不久，随即换装准备赴任。那一道离开时落寞的背影映入父亲瞳孔，就如之后数十年他不断离家时的模样。

在后来许多年里，张文学从最接近权力核心的一名机要随员，被流放到兵工厂里，过着每天检视枪炮弹药保养、维修的工人生活。

他尝试过挣扎，想调任回总部或转任教职，挣扎的痕迹留在日后他留下的信件里。他曾经申诉，但一封从人事处的回信，告知他考绩没有问题，不影响职位任用。另一封从郭东旸"中将"的信写道："若干弟鉴：接读月之六日来函，关于请调本部幕僚事，因部队改编未久，目前尚无悬缺可资调整，客有机会当为留意。"

在第三个孩子出生后，张文学仍辗转在全台湾各地受训、操课、讲习。他从"陆军参谋大学"毕业后曾任连长、总部参谋官，后又在管理研究所毕业。他曾是他们那一批河南流亡学生中最优秀的苗子，学识与经历俱佳，却始终不受上层待见，就连求助过去的头顶上司蒋纬国，也只得到一番慰问：

> 若干"中校"：来信收到，就悉近况，殊感欣慰，你一向聪敏精勤，工作认真，在连长阶段极为重要，一切只要按部就班，事事依照典令查验，必可事半功倍，而同时发展智慧之潜力，你营营长孙"中校"为人笃实，学能俱佳，诚意合作协助并不断虚心学习，多请益为安。

蒋纬国的回音暧昧，没有明确答复他信里的请求。他在心底叹了口气，摸到信笺有拆开的痕迹，张文学知道在这件事后，每个相关人士的信件都会被盘查。

那几年里，每当张文学回到十甲路的巷口前，三名儿女会跑出来迎接他，但在家时间毕竟不久，他感觉到自己跟骨肉之间的疏离，甚至连杨幸子都怀念以前作为侍从官妻子的风光，埋怨他现在军服上沾着保养用机油的腥气，洗都洗不掉。

张文学无所适从，每当他离家一段时间后再回来，那份疏离感便增添一分，曾经很黏自己的小女儿从牙牙学语到能喊他爸爸，口中的问题从"你什么时候回来"，变成"你什么时候走"。

他郁郁寡欢，想着既然部队发展无望，那就到民间工作吧。

为了学做生意，张文学再次拗口地练习闽南语，在修理机件后，将乌黑的指印摁在会计、财务等参考书纸页边上。他在保养厂考到了大货车驾驶执照，想在最差的情况下，自己可以去开大货车送货。但几年下来，送交到总部的提前退伍申请总被驳回，总是有许多理由，让他只能被困在花莲的海边，反复领着工人修理其他营区送来的废铁。

多年之后，湖口事变当中的种种细节逐渐浮出水面，张文学也终于能从客观的视角看清这件颠倒了他整个命运的事情。原来引发这起事件的火苗竟源于一起非常小的摩擦。

事变前一年，蒋纬国调任参谋大学，接任装甲兵司令的人却不是赵志华，而是蒋经国授意的郭东旸，郭东旸由陆军总部副参谋长下放，或许是出于嫉妒和不甘，赵志华在经费和部队业务上与郭处处掣肘。曾有次郭东旸利用公家经费修缮自家住宅，赵志华不肯上批，两人就此种下心结。

赵志华清廉耿直，即便随蒋纬国工作多年，手边一直没有自己的家产，原先住在台中市民权路的房子产权属于公家单位，后来随单位政策改变，现住户可以优先认购。赵志华手头没有余款可以购买，于是申请官兵可急用申请的基金，先向司令部借支，再从薪水里分期偿还，但当申请上呈到司令郭东旸处时，郭东旸却借此报一箭之仇，故意摆明不借。

离乡背井多年，熟悉的长官调离身边，仕途又不如预期发展，借款申请成为赵志华负面情绪爆发前的最后一根稻草，他没有质疑过蒋家的领导，只是不明白为什么多年的忠诚，换来的却是如此难堪。时代渐渐要淘汰掉他这无用的老兵了,他想。愤懑和不甘在赵志华心底酝酿,最后铸成无可挽回的大错。

命运就是这样,用近乎戏弄的姿态摆布了所有人。光辉的岁月退色,张文学的脸上添了许多沧桑的痕迹。偶尔长假,他还会带着妻子与儿女到台南海边,孩子堆沙堡时,他眺望着西海岸的沙,想象这片海岸对面变成什么样子,顿时有种难以言明的恍惚感。

在那样的时刻,他脑海里的时光停滞在十八岁时开封高中的讲台前,那军官说话的身影多像湖口装甲兵部队台上的赵志华,而他仍然与少年时的自己一样,在别人的一段发言后,未来就毫无余地地被抉择了,来不及告别,来不及辩驳一句,倏忽间来到了台湾,从少年走入了中年。

第二部 返乡

姑奶奶抚摸着木箱,思绪陷入遥远的往事。木箱子见证过流亡、饥饿与荒灾,待主人开口,箱底的尘埃便随话语缓缓悬浮于空中,将我们包裹在里头,带回那个混乱的年月。

北京巡礼

2022年7月16日,老爸从隔离酒店出来时,我感觉他真的老了。

这几年在北京工作,加上新冠肺炎疫情因素,距离上次回台湾已经两年有余。我从来没在台中老家以外单独待过这么长时间,工作岗位虽然都有同事照应,可异地生活,冬天的寒冷常令人心力交瘁,刮大风时像要带走所有意志,吃不惯烧烤里加多了的孜然,公司里领导的北京腔总听不清,跟一群同样在北京工作的台湾朋友混得熟了,没法回家过年,只能聚在出租屋吃着从深圳寄来的台湾速冻食品,吃着吃着,几个人便忍不住哭出声来。

这个时代至少有视频通话能问候,我和台湾那一端每隔几天就会通话,听妈妈讲她在看什么剧,看家里的猫蹦上跳下,摔坏了东西满脸无辜,我会从淘宝订来台湾的调味料,关注那一端的天气,爸妈也会不时发来几条新闻消息,说北京下周有寒流,多注意保暖。

到后来我几乎日夜思念那温暖潮湿的岛屿,即便离不开遥远的北方。唉,明明比起半个世纪,两年几乎是一眨眼的时间。

手机一代代更新,屏幕再高的分辨率也有没能被察觉的东西。当我看着老爸从酒店门口走出,拉着以前家里旅行用的老旧行李箱,一脸愕然地张望时,我确实感觉到时间在这男人身上留下的痕迹。

我喊了一声爸,迎上前接过行李。我说有家东北打卤面挺好吃的,先去我住处安顿一下,吃过饭我们再找旅馆。他听说要吃面乐不可支,连连点头。他对北京的饮食印象不太好,约十年前跟旅行团来过,吃的都是烤鸭、涮羊肉和京菜,总感觉咸腻,不太符合南方人的胃口。

我们上车,他看我使用滴滴打车、微信支付,感到非常新奇,上次来时还是拿一沓人民币纸钞,现在竟然有部手机就可以出门了。我们讨论了一下行程,还得给老爸安排一部手机,教会他移动支付,他突然问:"河南那边的亲戚都联系过了吗?那边怎么说?"

"都安排好啦,我们先去开封,再去三门峡。"

"票都买好了?"

"后天出发。"

"好。"走出旅馆的老爸似乎松了口气,"你妈给你买的酱油膏在行李箱。"

* * *

虽然老爸老说自己跟爷爷不亲昵,但如果我将他提起自己父亲的次数算出来,恐怕他会吓一大跳,即便外表上不太像(爸身材圆润、脸方而头发茂盛,更像奶奶那一边),可有些家族的习惯微妙地传承下来,比如相册、文件的整理方式,说笑话的语气,举手投足间的小动作。

在我看来,爷爷影响老爸最多的地方是亲子相处的方式,或许由于童年的缺憾,他选择提前退伍,我和弟弟因此有了一放假便上山下海的幸福童年;老爸退伍前汲取爷爷的教训,自学考取了代书证照,后来自己开了家房屋买卖的小中介公司,生意起伏,但起码每天能回家陪伴妻儿。小时候我在棉被里半梦半醒间,模糊地听见巷口传来轰隆隆的摩托车声,再加上铁门被叩响,便知道他回到家了。

老爸说比起弟弟我更难带,总是半夜不睡觉,蹑手蹑脚走到书房看他在做什么。书桌前有张他年轻时与妈妈约会的照片,照片里他没有圆肚皮,身着笔挺的军装。桌面散乱地放着各种法律书和合约文件。老爸说我一直不睡觉,他只好发动摩托车带我去兜风。凌晨一两点,等儿子被风安抚睡着了才将我放回床上,他则继续回到凌乱的书房工作。

我们兄弟大学毕业进入社会工作后,几年前他深感自己体力大不如前,便将店收掉退休了。本以为可以安稳度日,突如其来的变故却像玩笑似的重击了他。

退休后三个月某天,老爸在家里沙发上一阵严重晕眩,恶心难耐,他冲去厕所呕吐半晌,接着却发现自己站起后不断摔倒,楼房的平面倾斜了。救护车将他载到医院急救后确认左耳中风，至今难以查出原因。据老爸后来描述，那感觉好像世界有一半变得寂静无声。接下来半年，各种复健治疗、针灸都不起作用，左耳离开了他的身体，彻底死去。

突发性的失聪使老爸沮丧了很长一段时间，但有天他顿悟，人生瞬息万变，这次耳中风便是警讯。他回想曾因家庭、工作放弃过的许多东西，想起自己曾想考历史系却不得不放弃选军校，于是重拾书本，花了半年时间考入历史系硕士班。

也或许因为如此，当我提起想再回河南老家时，老爸当即决定要一起去。

重新牵起两岸亲戚联系桥梁后的这几年，我对爷爷的生平、家族的故事越感好奇。在到北京工作后，我有空便往河南探亲，加上大伯和表哥一家在与北京相邻的燕郊，逢年过节偶尔相聚，听大伯说起不少关于爷爷的往事，有个念头隐约开始在脑中形成：我想将爷爷与家族的故事写下来。

爷爷是个什么样的人？他经历过怎样的人生？在不断反复询问、推敲的过程中，我慢慢拼凑起家族四散破碎的故事。整理爷爷生前的信件和笔记，有时将河南亲戚那边得来的讯息写下发给台湾家人比对，爸爸与两位姑姑叹息，表示这么多事他们竟都不知道，年轻时大家忙碌于生活和养家之间，甚至没有时间随爷爷回家一趟，现在回想起来，他有太多无人知晓的落寞。

"我很后悔没有随他回去，以前你爷爷是问过我的，当时也问过你，但你那时太小，我又忙于公司业务，于是都拒绝了，等回过神来，你爷爷已经走了。"老爸惋惜地说，"时间没有给我们这样的机会。"

"爷爷当时是以什么心态问你要不要去河南的呢？"

"可能就想我回去看看吧，毕竟老家在那里。"

张文学过世后的如今，我长大成人，老爸也没有工作养家的负担，所有的阻碍都消失了。当我打电话给家里说辞职时，老妈说那还不赶紧滚回台湾，我说要去趟河南，把最后故事的碎片补全。在一旁听到我们对话的老爸突然插话说："要不我跟你一起去吧，你不麻烦的话。"

"可能会很辛苦喔，没问题吗？"

"姑奶奶年纪也大了，趁老人家还在的时候去见一面吧，总是得回去一趟的。"

几天以后，老爸收拾好行李，搭上早晨前往北京的航班，而现在我拉着他的行李，往住处一丢，带他去吃我在北京吃过最美味的东北打卤面。

* * *

我们是什么时候察觉到亲人的老去呢？是在他们低头，找不到手机上的音量键时，还是在陌生的城市里，他们不再坦然站在孩子面前探路，而是有些怯生生地张望四周，想借方向来获得一些安全感时？

在老爸的记忆里，北京依然是那个巍峨庄严的首都。他惊讶于崭新的大楼、便捷的打车系统，说起以前来参观过故宫，看旅行社安排的相声表演，走居庸关长城的台阶气喘吁吁。我说爷爷的笔记也写过他来北京旅游，你记得那天吗，他说记得，因为那天是全台湾都会记得的9·21大地震[1]。

"我先听到的是一堆锅碗瓢盆摔碎的声音，我还以为是你深夜回家时撞到了呢，后来才发现是地震。"我说。

"那次震得很严重，我拉着你们下楼，你爷爷很机警，先把车库铁卷门升上去了，不然要是震得变形就出不了门，然后我们家、奶奶、姑姑都把车开去旁边的小学，在那边过了一晚，等隔天回来，发现墙上裂了一条大缝，满地碎片。"

"这么严重的地震，机场航班竟然还起飞啊。"我对爷爷遇上这么严重的灾害还能去北京玩有些莞尔。

"是我叫他去的。"老爸突然说，让我大吃一惊。

"你让他去旅游的？"

"地震嘛，不是什么大事，我那时跟他说我们收拾就好，你爷爷才放心去机场的。"老爸悠悠地说，别耽误他每年一次的返乡旅程。

时间与历史是延续的，爷爷走过的足迹被我们逐一踏过，我们见过他曾经看过的风景，品尝过当时他尝过的味道，如果他仍在世，知道我现在在北京工作生活，会露出什么样的表情？

老爸和爷爷从观光的角度认识北京，但在他们儿孙的叙述里，北

---

1. 9·21大地震，是指1999年9月21日凌晨1点发生在台湾的地震灾害。这场地震造成2415人罹难，29人失踪，11305人受伤，另有51711栋房屋全倒、53768栋房屋半倒，是台湾地区伤亡损失最严重的自然灾害。

京不再只是旅游景点，而是生活与发展事业的大城市。

我给他指出那条马路，冬天时地面偶尔会结细薄的霜面，当夜里我从公司加完班走斑马线回家，凛冽寒风几乎要将大衣剥走。我告诉他哪家陕西馆子那油泼面真香，在夜里哪家麻辣烫人声鼎沸，常吵到邻居要叫警察过来。老爸对一切琐碎的问题感兴趣，比如我们怎么从淘宝买东西，快递送到哪，东北同事是不是真的很凶，台湾菜在北京流行吗，等等，然后再问我会不会很辛苦。

"刚开始肯定不习惯的，毕竟南北方饮食习惯、气候差异大，但久了能适应就行，很多朋友都会帮忙，公司同事也都相处愉快。"为了让老爸安心，我适度地穿插几句工作上的抱怨，他听了点点头。

"知道你在这里过得好，那就好。"老爸将我所说的一切都拍下来，发到家庭群里，标注我娘亲，加上一句：看你儿子在北京吃香喝辣。

他说想去看盗墓小说里藏有无数高人的潘家园旧货市场，但到现场却发现曾经的传奇古玩市集，变成一摊摊仿旧复制品、工艺品集散地。老爸略微失望，拍下几张照片后，我们前往杨梅竹斜街吃晚餐。接下来的两天，我们又去了故宫、鼓楼，然后整理行囊，将该办理的手续补齐，我教他使用手机扫码支付，告诉他疫情防控期间健康宝、行程码的功能。老爸对于大量信息的涌入有些消化不良，我说没关系，我会在旁边等你。

前往河南开封的那天，夏日艳阳将树叶剪裁出利落的影子，空气燠热，整座城市是巨大的烤箱。上午九点半的高铁站里人潮浮动,我不时回头确认老爸在身旁,这是他第一次走进高铁站。他谨慎地看着时刻表上的车次,对照车票,好像要出远门前紧张的孩子,老爸抬起头问我,高铁上会有便当吗?我说有,但不太好吃,到时买一个给你试试。老爸安心似的点点头,闭上眼睛小憩,距离发车还有半个小时。

我心想,原来我真的长大了啊!

* * *

我每年都是秋季返乡探亲,不热不冷,甚合时宜,这次探亲是小珍给我的安排,重点是好像一个中国人不到首都北京,是美中不足的一生,尤其如我东奔西跑,每年都还乡,似乎不应该不到北京一览,于是选定了三日游随团到北京瞻仰我国的进步,也趁机浏览一下古都的风光及那些创国的各民族英雄。

1999年9月21日,我乘飞机由台北经澳门飞抵北京,到了北京的天空,似乎精神一时特别畅快,所览之物已与想象相同。下了飞机过了市街,看到了祖国的伟大,想起了那些抛头颅洒热血的革命勇士们,伟大实比天高。我们这次来到北京正值中华人民共和国成立五十周年,加之年底澳门回归,又即将跨越2000年的世纪之时,一番新的景象呈现眼前,美极了。

我浏览首都,表情上确有一番沸腾,内心却有种悲戚的担忧。我家人现居的台湾,21日凌晨二时的大地震,让我难以放心。

我很有自信幸子能将家中收拾很好，也亲眼看到儿孙们在浩劫中渡过难关，所以我也能将我的浏览计划照旧填入美梦行程中。五天中，我去过天安门广场、故宫、颐和园、景山公园、卢沟桥、万里长城、明十三陵、德胜门、雍和宫、恭亲王府、北京动物园、北海公园、大观园，还有那前门的夜市，这是五日来的行程，我们住在五星级的瑞成大酒店。

　　我们特别接受了瑞成各式的优惠，美极了，也特别吃到了北京特有风味的餐点，观看了有特色的演出，诸如，北海公园的仿膳，全聚德的烤鸭，东来顺的涮羊肉，傣族的歌舞晚会，大观园的红楼宴，老北京的风味，北京剧院的杂技，风味饺子，等等。

　　到过北京的人，就会更进一步知道中国的伟大，我仍放不下台湾家人的心，天天打电话过去，第四天才接通了地震后的第一通电话，一切无事。

　　1999年9月26日，我乘飞机飞往郑州，下午来到三门峡西站，妹婿应群及几个外甥都来接我，高兴极了。我们一同乘车回家，整整一年了，家中无啥变化，退步不可能，进步看不见，可怜的苹果树大多都已无声倒地了。

——《鲜烟咸雨》

诗人醉街

民国初年，对清末时期兴办的学堂进行改组或合并，后均改称学校。1912年，开封建立了留学欧美预备学校（河南大学前身），后为民国时期河南省最高学府。从1928年到1937年是开封教育发展较快的时期，除河南大学外，又先后建立了省立开封高中、开封初中、开封女中、开封师范等中等教育学校，及省立十三所小学和五十余所私立学校，形成了大学、高中、初中、小学、幼稚园各级较为完整的教育体系。

抗日战争时期，开封的大、中学校纷纷撤离，迁往豫南或豫西南山区。沦陷后的开封，虽然日伪政权为推行奴化教育也办了一些学校，强制学习日语，但受到人民抵制，收效甚微。1945年抗日战争胜利后，外迁的学校陆续返回，并接收了日伪政权所办的一些学校，但因国民党发动内战，教育资金短缺，教育界内部各教派之间相互倾轧，教育秩序混乱，教学质量也远不如抗战以前。到1948年开封解放时，仅有河南大学、十所省立中等学校、十三所省立小学，以及一些私立和教会学校。

——《开封市志（1996版）》

我对开封最初的印象是一场暴雨。

突如其来的雨砸落在城市上头，在回过神时已淹没古城街道，行人仓皇走避到屋檐下，排水沟咕噜咕噜地冒泡，落叶、尘埃、垃圾漂浮于水面，在车辆经过时被溅到路边。我和老爸的衣裤半湿，鞋子踩起来触感黏腻，积水深及脚踝，我感叹地说看来老城排水系统不太好呀，同时有点担心感冒的问题。

作为历史名城，开封却不如想象中富丽堂皇，市区规模不大，道路坑坑疤疤，建筑物表面老旧斑驳，在低沉灰暗的天空下映照不出昔日的风光。和出租车师傅闲聊，他说开封因距离郑州太近，产业与工作机会都被省会吸引过去了，这座城市如今能吸引游客的或许只有清明上河园或大宋武侠城。师傅问，你们也是来逛上河园？我有票，能算你们便宜点。我们摇头说没什么兴趣。

不过开封的夜市文化驰名中国，果真名不虚传。我们下榻在鼓楼周边，到了傍晚各类摊贩上工，炒凉粉、灌汤包、黄焖鱼、铁板豆腐、羊肉炕馍缤纷缭乱，小贩的吆喝声与酒客的呼喊交错，随着袅袅炊烟升起热闹的氛围。老爸是夜市与路边摊的爱好者，以前小时候他带我们逛遍台湾大小夜市，却从没机会好好看下河南夜市，于是便兴致昂扬地放下行李出了门。我们点了开封灌汤包、清真牛肉馅饼，又找了特色菜鲤鱼焙面，吃得不亦乐乎，这份自在与奔放，在北京可是见不着的呀！

隔天一早，天气仍是阴绵绵的色调，我们出门，沿着解放路走，过滨河转进铁路北沿街就是开封高中。

"你觉得他们（校方）会让我们进去吗？"老爸问。

"应该不会吧，毕竟里面还有学生在上课，但如果只是看一下操场或许有机会。"

"我以前一直觉得你爷爷说自己念开封高中是瞎扯，毕竟你也知道，他有时爱面子，开封高中要能毕业，在1948年时都算是知识分子，可以回乡教书了，老家又那么穷，怎么供得起？"

"但我想应该是真的，你看他兵籍数据、日记里的日期跟细节都这么清楚，我也想过要查开封高中的学生档案，但那个年代太混乱了，实在查不了。"

河南自古便是苦难之地，抗日战争的延烧让蒋介石决定炸花园口，以溃堤制造天然防线，失去控制的黄河让土地泥泞，限制了日军战车、枪炮的推进，却也造成严重的人为饥荒，三百万人流离失所，卖儿女换粮。"逃荒"成为影响近代中国最大的事件之一，连饭都吃不上了，谁还顾得了教育问题？所以老爸对于爷爷的学历有疑问也情有可原。

两人闲聊着，不久便走到开高，丝毫不意外的是校门崭新光亮，看来才建成数年，这所已有百年历史的名校现在开辟了东西校区，至今仍是河南省赫赫有名的高中之一。根据资料上的介绍，东校区于1935迁成，爷爷于1945年7月1日入学，所以应该是东校区没错。两名校园警卫看我们在门前探头探脑，上前询问，老爸听不懂他们厚重的本地腔调，我简单解释，我们从台湾来考古的，就想看看以前老人念的学校。

"台湾呀！"中年警卫讶异地说，"以前这里好多老人都被国民党拉走喔！你看这家那家（他用手指着几栋楼房），现在还有人亲戚也在台湾，但都回不来呀。"

"这边都拆过一轮啦，学校、房子，1949年前的老东西几乎都不在了，这周边最老的大多是20世纪八九十年代盖的，你说老开高校区，那是这里没错了，我想你爷爷应该是在这里上学的。"另一名警卫说，这附近最老的建筑是座面粉厂，但也在1949年后搬迁了，他们对以前的历史也不太了解。

虽然对我们寻根的过程很感兴趣，但毕竟警卫职责在身，无法放我们进校园参观，我们简单致谢后便离开了，拍下开封高中周边的街景。我想象着当年的困苦，我猜没有被时间冲刷走的，或许只剩下高中不远处的滨河。

我问老爸，以前小时候，爷爷告诉我他在念开封高中时，他们班长，叫段尚雯，女孩绑着麻花辫子，爷爷在课间打扫教室时总忍不住捉弄她，拉辫子，拿扫把偷打她屁股惹人家生气。我说，隔了四十年依然念叨，爷爷应该是喜欢她吧？

"好像有这印象，是不是这姓我不记得，但我记得你爷爷跟我说的时候我很惊讶，想不到他以前也会做这种幼稚的事，当时我就觉得我们父子真像。"

"惊讶是因为爷爷是军人，你觉得他很严肃吗？"

"倒也不是，男孩子不都会做这种事吗？"老爸，别一竿子打翻一船人啊。

据我所知，爷爷再也没见过段尚雯，青涩的爱慕之情仅停留在记忆里，在我们所踩过的同一片土地上。张文学或许曾经逃学，拉着班长过河，到开封的老城墙下面乘凉，那时候的硝烟还在百公里外，年轻的张文学喜欢吃红薯泥，喜欢眺望天空发呆，他没想过自己后来将会到远方一座陌生的岛屿生活，没想过眼前这女孩多看一眼便少一眼，再见面已是来生。

＊ ＊ ＊

杞县，杞人忧天的杞，距离河南省开封市中心一个多小时的车程，我没想到这么远，但终于走在这条路上让我感到安心，这么多年过去，总算能去看一眼那门牌号是什么样子了。

不熟悉交通工具，同时也顾虑老爸的脚力，我们在酒店约了辆车出发。大清早我昏昏欲睡，老爸却跟出租车师傅聊得投缘，彼此互问两岸的疫情，师傅姓王，说自己祖上就是杞县的，老爷逃荒时来到开封，就定居了下来。

"你们来一趟不容易啊！说真的现在那里长啥样我也不太清楚，

一年都未必过去一趟。"他说杞县虽是开封八个辖县之一,但发展不好,现在多种花生与大蒜,许多人都进城打工了。

不知道是不是老兵皆如此,对于过往自己能拥有的记忆都印象深刻,爷爷对小时巷弄的描述清晰,说自己曾在门口逗妹妹笑,母亲杨氏在屋里帮人缝衣服。他留下的日记里反复提到老家前那条巷弄,有个唯美的名字,叫作诗人醉街。

相传诗人顾陶亮嗜酒,醉卧此街,此街便以此轶闻为名。令我惊奇的是,将近一百年后,高德地图上竟还是可以找到诗人醉街,好像宿命似的,即便城市几经战火、物换星移,街道的名称依然保留下来,比起器物、建筑,路名比我们预期的使用期限要来得更长。

王师傅将我们放在杞县市中心下车,约定好午后再来将我们接回开封。杞县自古便有梁宋锁钥、诗乡文国之称,这邻近汴京的卫星农业县市一直居于战略要冲,现代杞县的规模比百年前扩增不少,但地图上仍可见到曾经的旧城痕迹:一圈水渠围起,十字街道的中心是鼓楼,这样的城市规划是早年人们生活的制式范畴,很多人一辈子就在这个圈子里勤恳度日,在交通不便的年代,护城河外就像是另一个宇宙。

四线城市的纷扰、兴起的烂尾楼与砖瓦老宅在这里一项没少,地面稀落的浇灌工程使泥泞上尘土飞扬,汗衫褪色,喇叭声与孩子们乱窜,老人闲坐在门口乘凉,我用手机上的地图查找诗人醉街,引来不少路人和商家侧目,这小地方的脸孔都太熟悉了，对于我和老爸这样的不速之客迅速警觉，他们微微蹙眉，投以怀疑的目光。

一块不起眼的蓝白门牌上面写着诗人醉街，这条路宽度约可容纳两辆轿车擦肩通过，外窄内宽，黑色电缆线在上方交缠，好像蛛网似的纠缠不清。

"你们找什么？"一个正在杂货铺采买的男人主动问道。

"找25号，诗人醉街25号。"

"你们不是本地人吧？25号在那边呀。"

男人边说边指给我们看，虽说理论上单数双数各一排，但实际上门牌是错乱的，有时从100多号跳到20号，延伸拐进另条巷子又变成60号开头，我们四处询问，跨过了水沟，从水果摊老板娘浓重的口音中辨识出方位，然后再次迷失，徘徊良久始终见不着25号。

我们出于一种好奇心，或被难以言明的理由召唤来到这里，却对能找到原址不抱期望，该说找得到原址才是奇迹吧，1949年前的建筑物已经一件不剩地被拆光，这里最老的建筑物也不过属于20世纪90年代，张家在这里早就没了地缘关系。1948年，爷爷从开封高中被国民党征召，连杞县都没回来一趟，发了封家书就此踏上颠沛流离的旅程。来年他抵达台湾，而母亲杨氏收到灵宝老家父亲过世的信件，跟丈夫、女儿回到灵宝。后来战乱爆发，再也没回来开封，此后张秀兰一家都定居在三门峡市。

听到我们来自台湾，很多当地居民止不住好奇，他们听说我们想找家里长辈出生的故乡，热情地指路与出主意，只是许多河南方言我们实在听没懂,来回走了两遍诗人醉街,正要放弃时,杂货铺老板娘再次喊我:"你们可以去问那家(她指了个方向),那老人家九十多岁了,一直住在这,头脑还算清楚,去问问搞不好能知道些什么。"我有些犹豫,拉着老爸去敲了大门,"有人吗?"我往内喊,一名白发稀疏的老头走出来,嘟哝着问找谁。

我想问这里有没有一位老先生,九十多岁?他知不知道杞县诗人醉街25号在哪?他知不知道1940年左右,这条街有户姓张的人家?父亲在街上卖蔬果,母亲裹小脚行动不便替人补衣服,儿子在开封高中念书,还有个小妹妹牙牙学语。

但话到了嘴边却如鲠在喉,我顿了顿,尴尬地表示找错门路,打扰了。或许比起失望,我宁愿保有想象。

离开杞县前,我和老爸去尝了当地特色的砂锅。本想着考察下当地美食,说不定能在想象里还原爷爷童年的餐桌,可惜这砂锅料理是20世纪90年代的产物,因某家杞县砂锅做得好吃,口耳相传,现在变成了当地特色美食。我和老爸走进餐厅,素肉两种各要一份,砂锅里的食物粗糙(豫菜多以原食材炖煮,没太多花样),炸过的酥肉、香菇、鱼板丢进砂锅内,佐以胡椒、芫荽上桌,直接吃有点咸,搭配细面则非常可口。

"你觉得爷爷会喜欢吃这东西吗?"我问老爸。

"喔,他都可以吧,你爷爷又不挑食。"

"爷爷从不挑食吗?"

"那种战乱饥荒过来的人,都不太挑食啦。"

好吧。我在心底默想一封信件：爷爷，今天我们来到你出生的故乡了，吃了现在有名的砂锅料理，我猜你大概会喜欢吧。

今日的河南开封高中。作者拍摄于 2022 年。

今日的杞县诗人醉街,已无法窥见百年前的痕迹。作者拍摄于 2022 年。

张秀兰，在河南省三门峡市重王村，作者拍摄于 2022 年。

世界上最爱哭的人

在出三门峡高铁站前手机响了许多次,是因为我将到站的时间告诉大伯他们了,虽然多次强调我们可以自行先去旅馆入住,再跟亲戚们会合,但大伯他们坚持要来高铁站接应,拗不过他们的热情,我只好答应。

窗外风景飞速掠过,老爸显得有些局促不安,再次问了我许多关于老家的事。前几年在视频里通过几次话打过招呼,但毕竟没有实际见过面,多少有些网友见面前的紧张感,生怕失礼,来之前又在机场买了金门高粱酒跟茶叶,他说其实几年前在我刚到北京工作时就想趁我在大陆来拜访,无奈疫情暴发,计划拖延许久,这趟让他下定决心的另一个原因是听我说了姑奶奶身体不好,去年刚动过心脏手术,总想着在老人家生前来见一面。

"礼物那些倒是还好,但你比较需要在意姑奶奶。"

"什么意思？"

"她是个很爱哭的人。"

走出高铁站前查看核酸检测，手机响得越加频繁，大伯来电，二叔也频频传讯，我一边回应一边拉行李，突然发现逆光的检票口边两道黑色身影正挥手冲我们大喊，声音让周边旅客不断回头，我笑着回应："大伯、三叔！你们怎么不在门口等呀！"

加快脚步出门的那一刻，老爸还没反应过来，他们就抢过我们手上的行李，大伯用力握住爸的手，用力拥抱。

"兄弟，你来了，这可终于见上面了。"大伯红了眼眶哽咽地说。

"这是大伯，这是三叔。"看老爸诧异而困惑的表情，我赶忙介绍。

大伯年逾耳顺，这几年见他却感觉一次比一次年轻，他头发乌黑，身材精硕结实，粗糙的双手十分有力，声音洪亮如钟，爽快地拍拍老爸的肩膀欢迎他回来。旁边三叔笑嘻嘻地自我介绍，两人都坚持不让我们拿行李，一番争夺之后还是给他们提到车上。

"你们回来一趟太不容易了，现在疫情还没结束，我听你说要带爸爸来一直很担心，但老人家身体不好，没办法带去北京跟你们相聚，之前我跟孩子都在北京呢，是这段时间老妈身体虚弱，加上媳妇儿刚生，回来帮忙带孙子。"大伯说姑奶奶原本这阵子腿疼得受不了，下床走几步路就喊累，听说我们要来，高兴得一晚上没睡着，在振奋之下早已遗忘痛觉，天刚亮就起床打扫。

"哥，你们累不累？等等咱们先跟二哥会合，他处理些工作，一会儿跟我们去村里。"三叔说。在五个兄弟姊妹中只有大伯年纪比爸略大,所以其他叔叔都喊老爸作哥,我这时还刷到三叔微信朋友圈连发了好几则视频,写:我台湾表哥回来了。

下榻三门峡市中心的旅馆,大伯将我们的行李拉进房间便到大厅等待,我们简单洗脸安顿,回到大厅时二叔已经到了。二叔戴了眼镜,头发比大伯花白许多,他笑着与老爸握手,还是一副斯文的模样,他是目前家中唯一住在市区里的孩子,在公家单位任职,奇妙的是二叔虽然买了车却不会驾驶,都是给大伯和三叔开车往返居多。

"你们去了杞县呀,是跟叔叔(张二爷)那边联系了吗?"二叔问道。

"没呀,我不知道他们还住在那里。"我讶异,"毕竟不熟悉,没联系过,我们就想去爷爷老家看看,没想过找人。"

"没联系也好,嗯。"二叔眉头微蹙,表示两边关系不太好。但还没来得及多问,车子已缓缓驶入村庄。

三门峡位于三省交界(河南、山西、陕西),周边有许多运输公路系统,将矿产、工业园区连接在一起,这几年高速发展下,城市盖起了金光闪闪的展览馆、运动场、写字楼、医院,每次来我几乎都要重新认识一遍,老爸则惊叹没想到这里建设得如此完善,比起如开封这样历史显赫的名城,三门峡市更显欣欣向荣,焕发着朝阳般的活力。重王村与三门峡市区距离约半小时车程,沿途路上风光从水泥高楼转成朴实的乡野,在闲谈间我们便已到达。

车子碾过崎岖的黄土路,经过村委会前的招牌,在我熟悉的老院子外熄火停下,老爸走出车外,表情有些恍惚,似乎不敢相信自己终于来到父亲一再提起的老家。大伯领路，他走进院子，一位老妇人迎面走来，她挣脱旁边女子的搀扶，颤巍的步伐还未走到人前，泪水便顺着皱纹从八十岁老人的面庞滴落在地面，佝偻的身躯上前抱住爸爸，她大哭起来。

"我没想过能活着见到你。"姑奶奶哭着。所有人都红了眼眶。

我知道她想起谁，想起她的哥哥，我的爷爷。老爸有些不知所措，抱着老人家连忙安慰，样子很好笑，和我交会慌张的眼神，我以眼神传达：看吧，早就跟你说了。

她几乎不肯放手，坚持拉着老爸走进低矮破旧的小房子。住处是爷爷以前投资村镇造纸厂失败，留下来仅剩的遗产，从我第一次来过后摆设就没有改变。简单布置的客厅后放着一张床板，姑奶奶就睡在那，斑驳的墙挂着一幅合照，爷爷坐在中间，被亲戚孩子围绕着，笑容洋溢着单纯的幸福，照片上姑奶奶一头黑发，姑爷仍在世，泛黄的照片外不知不觉，同辈间只剩下张秀兰一人了。

"舅舅回来时是五十八岁，真巧，你回来时也是五十八岁。"大伯说。老爸抬头算了算，惊讶地说是呀，真巧，但更令他讶异的是自己从未报上年龄或生日，是大伯与姑奶奶一直计算着年岁的流逝。姑奶奶坐在床沿，泪流满面，我握住她的手，弯身抱了抱她，轻声说我们回来了。

她是我见过最爱哭的人，七年前第一次见我时哭，见到我带老弟回家时哭，想起爷爷时哭，翻着以前老照片也哭。张秀兰真的是，世界上最爱哭的人啊。

祭祖

老爸来到三门峡那天下午,几乎所有亲戚都来了,张秀兰的五个子女和他们的配偶放下手边工作,挤在狭小的客厅里七嘴八舌地问候,每个人都想跟老爸搭上一句话,老爸对乡亲间的热情一时应付不过来,又是接过茶水,又是拿大娘递过来的果盘。我早预料到这样的盛情款待,看老爸手忙脚乱暗自好笑。

除了二叔在城里上班,其余兄弟姊妹都在村里工作生活。大伯以前做过支书,在村里颇有威望,在家中一副长兄的派头,现在有时跟孩子住在燕郊,不时往返两地,打打零工,他闲不下来。三叔做过长途货车司机,四叔维修电机,姑姑出嫁在隔壁村,离得不远,常回来家中照料姑奶奶,几人同时也有自己的田地,这段时间因为疫情外边跑不了,多半在家中务农。

张望四周,虽然景象大致相同,但细微观察可以看见各种变化。

村子入口处多了些模范奖章，布告栏上张贴着优秀村干部照片，旧学校前甚至盖了座公共厕所，现在许多村民都不太用旱厕，改来这里方便，环境卫生改善许多。姑奶奶的起居室也新装设了空调，这在我去年的印象里是没有的，虽然节俭的姑奶奶不常用，但炎热的夏日里这么多人拥挤一室，冷气还是能带来一丝沁凉。

几个表弟妹在外地工作读书，个头拔高许多，我差点要认不出来了，他们在很小的时候都见过爷爷。大人聊起家中孩子的近况，说谁今年高考成绩不错，谁进了哪边单位工作，看来亲戚们都发展得不错，尤其是二叔在郑州读书的小女儿，每个人都夸她聪明伶俐，像极了爸爸。大伯一脸郑重地说，咱们家里可能要出一名北大清华的高才生啊！二叔又笑，说别给她太多压力，适性发展就好啦。

"你奶奶还好吧？"我回答台湾那边家人都好，身体健康。大家点点头，说没事就好，这几年健康最重要。

老爸与叔叔们闲谈的同时，大娘与姑姑在外头的厨房做饭。厨房同样由造纸厂的部分改建，灰暗的隔间白天不开灯，熏黑的水泥墙面白漆剥落，靠墙的木头橱柜看来很有年代感，一张厚重的木板架在垒起的石砖上当作料理台，以前烧柴的炉灶改放电磁炉，装上抽油烟机，角落摆放一台冰箱。大娘手脚利落地切韭菜、西红柿，再打了鸡蛋拍碎蒜头，姑姑则在一旁包起饺子。

"家里没什么东西，都是些简单的饭菜。"姑姑是个温柔的妇女，见我在拍照，有些腼腆地说。

"不会不会，爸爸在家吃得也比较随意，家常菜最好。"我笑道。

姑奶奶走了出来，指点两人几句，后走到电磁炉边，将一碗面糊倒进滚水做疙瘩汤，我上前问她，姑奶奶最擅长的菜是什么呀？

"盐拌韭菜，"姑奶奶咧开嘴大笑，"就你姑现在在弄的那碗东西，把韭菜洗干净，切段后拌盐巴抓两下就得了，配馍馍吃，我可不会做菜。"

"别听她说，你姑奶的拿手菜是韭菜合子，我们都跟她学！"大娘接话。

"太好了，那是我爸的最爱，他一定很高兴。"

"以前家里穷，也只能弄点便宜的东西，没有肉，就去田里割点韭菜，顶多炒个鸡蛋，喝碗面汤就差不多啦，今天先将就点，明后天咱们再上馆子吃饭。"姑姑有些不好意思。我连忙说随意，就是想吃点家里的饭菜，没必要上馆子，但她们很坚持，说已经订好餐厅了。

事实上，如果说回老家有风险，那肯定就是长肉的风险了。我想起前几次回来从早吃到晚，中间穿插水果、零食、茶，总会有人将东西塞过来让你尝尝，临走前再塞一包大枣带去北京慢慢吃，想到回去后体重计上的数字，我不寒而栗。

隔壁餐桌上，老爸与叔叔们已经吃起西瓜，等姑奶奶入座后，大娘和姑姑陆续端来疙瘩汤、西红柿炒鸡蛋、拌土豆丝、炒青椒、粉条白菜，还有一大盘白馒头和饺子，大伯坐在主位上，背后衬着一幅颐和园的山水画，招呼大家吃饭，并频频给老爸夹菜。

"尝尝这个，要不要配个馒头？"大伯将馒头掰一半。

"喝点面汤帮助消化，来我帮你盛点。"二叔起身，拿碗要给爸盛汤。

"自己来就好，我自己来。"老爸赶忙接过碗。

"你吃饺子蘸醋吗？"大娘刚说完就走去厨房拿醋。

老爸在家时总是被妈骂狼吞虎咽，吃饭不肯细嚼，这下轮到他招架不住了，我心想刚才忘了告诉他吃少点，搞不好餐后还有水果，一边也看着盘里肥美的饺子，跟自己说千万不能吃多，但在盛情难却之下又接过姑姑递来的馒头配韭菜吃。往后这样的场景还要在每一餐之间上演，没办法，家乡菜就是香啊。

* * *

隔天一早，大伯等人骑电动车载姑奶奶，四叔将拖拉机开来小院，带我们一同去祭祖。

我、老爸、二叔、表弟坐在后方，拖拉机刺鼻的柴油味越过村子，从水泥路踏进黄土路，二叔解说着村子的地界，这几年大枣跟苹果的价格不好，旁边改种了棉花、松树、花椒等经济作物。路上偶尔遇见村人，他们便停下来打声招呼，顺带介绍下从台湾来的表哥，乡亲们都表示惊喜，他们都还记得爷爷每年回来的时候。

拖拉机转进一片林子，道路逐渐颠簸，细碎的石子拍打着车身，引擎嘈杂得听不见彼此说话。不久后四叔停下车，我们几人拿着纸钱、祭祀用品步行入林。

这半个世纪以来，河南张家搬过几回，起初是在新中国成立前杨氏和丈夫来到灵宝，接着又因为三门峡水利枢纽方案通过，为了建设大坝，他们随村搬迁到高地的柿树沟，直到十多年前又因乡村现代化建设搬出窑洞到重王村，每次搬迁村人都留下几个祖先的坟头，张家也不例外。

"你看，那边以前就是咱们家住的，以前村子在那头，都住窑洞。"大伯指着一片黄土坡，土坡下面已是一片树林，"窑洞住着不安全，下雨容易坍塌，现在政府都不让住了，都搬出来到前面去。我当支书的时候跟人谈条件，没花一分钱让人给用土给填起来了，免得有孩子跑进去危险。"

"那现在没人住窑洞了吗？我们从高铁过来时，还见到几处山坡上的窑洞呢。"

"还是有的，但很少，都是比较穷的人家。窑洞住得不舒服呀，以前我们小时候就住窑洞，黄土好挖，人挖着住，老鼠也跟着挖洞，以前家里老鼠是真多，窝都在土墙壁里，老是来偷吃粮食，还会有蝎子。"

"这里竟然有蝎子吗？"我大惊，心想从来没见过呀。

"有呢，咱们村里有些人傍晚就到田边捉蝎子，那东西虽然蜇人，但价格高，有些人会收来做药材。你姑奶奶还被蝎子蜇过，幸好没大碍。"

"在年纪小的时候我们都挖过窑洞，用一个木架子夯土，然后搭起来。"二叔比手画脚，解释要怎么做出一个拱形门，里面要怎么夯实墙面，并说现在陕州还有处地坑院博物馆，明后天咱们可以去看看。"你爷爷第一次回来时还住窑洞呢,当时怕他睡不习惯,想给他安排旅馆,但他就想睡窑洞,我们在炕上给他铺床,第二天问他睡得怎么样,你爷爷说睡得真香!"

早年条件不好,村里没有规划公共墓园,穷人家也不讲究什么风水宝地,老人过世了就往土里一埋,于是先人的安息地都散落在村庄各处,我每次都很好奇大伯他们是怎么在一片没有地标的田地里找到祖坟,最早的时候甚至是没有墓碑的,当年曾祖父母先后辞世,家里困窘得连碑都立不起,是直到爷爷回来时才让人用水泥刻碑放上的。

来到杨氏坟前,我到坟上用石头压住几张纸钱,老爸在大伯的指点下跪在中间,点燃卫生纸助燃,然后各人分别将纸钱放入火圈,祷念着家族亲人回来认祖归宗。二叔告诉我,一定要烧干净了祖先才能收到钱财。

"咱们给老奶奶磕头啦!"大伯高喊,随即拜下。

除了姑奶奶腿脚不便,站立在侧,我们所有人跪下,双手双膝放在土地上,小心避开溅起的星火,朝坟头用前额轻叩土地三次,泥土与青草湿润的气息钻入鼻息,霎时让我回想起很久以前小学的一次远足,那远足的前方是片朦胧的白雾,白雾里有个女子的身影,既陌生又熟悉。

随后我们又前往曾祖父即杨氏丈夫的坟前祭拜,两人的坟因为村子先后搬迁,分别葬在不同位置,姑奶奶的表情看来有些感伤,沉默不语,大伯说这里以前叫作柿树沟,沿着这条路过去,到处长满了野柿子,现在都已铲除划为农地了。

"是从开封过来就搬到柿树沟,再搬到现在那边吗?"我好奇地问。

"不是,最早是在灵宝老城。"

"灵宝是在我们村隔壁的那个灵宝吗?"

"不是不是,最早的灵宝老城已经沉到黄河底下啦。"

二叔找了处地势略高的土丘,站上眺望可以看见远方的黄河。黄土本就松软,容易因为河水、雨水改变地形,这片地带高低崎岖,许多都是从前的地坑院、靠崖式窑洞聚落,现在废弃后有些变为农地,有些无人管理,河的对岸便是山西。二叔说三门峡大坝前阵子刚泄洪,现在夏季水位正低,老灵宝城就在他手指的方向下静静沉睡。

老爸对这段迁徙的历史很感兴趣,他一直好奇为什么从开封杞县跑来三门峡,而且再也没回去了,这跨越上百公里的距离,又为什么爷爷竟然能再次找到亲人?但年代过于久远,二叔也只能说个大概,要解惑还得靠姑奶奶这位历史的见证人了。

祭祀完回到家中,姑奶奶坐回床沿,我问道:"姑奶奶,当年我爷爷从开封离开时,家里人都不知道吗?"

"知道呀。他给拿了封信回来,(我)妈妈哭得要死喔。"

"那为什么我们家会从杞县跑来三门峡呢?"

"奔丧嘛,那时灵宝的姥爷走了,我们要回去。"

姑奶奶指向床边的一个大木箱,说:"我当时就是搭在这上头来的。"

我转头望去,黝黑的大木箱厚实沉重,大概有我双手环抱的大小，自清代以来百年岁月的累积，在木箱表面的雕花留下洗刷不去的荫翳，姑奶奶说："这是我妈妈留给我的。"

那是曾祖母杨氏的嫁妆。在古代那是一个女人生命中最珍贵的东西，曾经在与长工私奔时落于灵宝宅子，后又重新拾回的娘家信物。曾祖母去世后嫁妆留给了姑奶奶，中间即便家境困难，有古董商人愿意出价收购，姑奶奶都未曾出手，现在里面存放的都是张家最宝贵的事物，包含她少部分的衣服、土地权状，以及爷爷的信件。

姑奶奶抚摸着木箱，思绪陷入遥远的往事。木箱子见证过流亡、饥饿与荒灾，待主人开口，箱底的尘埃便随话语缓缓悬浮于空中，将我们包裹在里头，带回那个混乱的年月。这次的故事，要从1948年杨氏收到张文学的那封信开始说起。

张秀兰

村口那名老乞婆的预言要应验了。

段尚雯接过张文学的信后没有交给邮局,那时邮务已近瘫痪,她急匆匆地跑到公车站寻找去往杞县的人。那个下午只有一班车,段尚雯问了许久才找到一名来卖菜的农民,请他把信转交给诗人醉街的杨老太太,轮胎卷起沙尘,段尚雯目送公交车开远了才回家,或许在未来嫁给一名富绅,或许随父亲去了美国。

张文学的信送达杞县,杨氏用颤抖的手拆开,儿子强作乐观的文字说明了国民党与学校的安排,他说自己将跟随部队行动。看到这里杨氏几乎要晕厥过去,丈夫立刻出门联系兄弟,希望他在政府里的朋友能阻止孩子,同时安排座车要赶往开封。

混乱开始蔓延,华东野战军在杞县的周边高地集合,夜里隐约的枪响在草丛深处徘徊,四面都是改革的呼喊。中原野战军途经杞县,指示民主政府进驻县城，准备支持淮海战役，一场浩大的战役即将来临。杨氏与丈夫想起对日抗战时躲在教堂的恐惧，不准张秀兰再外出玩耍，家中也囤积起克难的储粮。局势并不明朗，他们忧心着开封的儿子，可当两人心急如焚地赶到学校时，宿舍早已人去楼空。

突如其来的离散，像在杨氏胸口上剜去了一块肉，她疯狂打听开高学生的动向，丈夫也焦虑地奔走求助，最终却一无所获。六岁的张秀兰不知道发生了什么事，依然泪眼汪汪地在门边等着哥哥回来，陪她玩猫儿拉碾子。

他们是如此窘迫，就连伤痛的余裕都显得奢侈。

是年，灵宝娘家传来消息，杨氏父亲过世满七年，按当地习俗亲人丧满一三七年是大事，七年将届，所有亲族得为杨老先生送最后一程，之后便由本家供奉祭祀。杨氏一直惦念着家族对自己的好，即便随丈夫到开封，这些年也未曾断过联系，在与丈夫商量后决定回家送父亲最后一程，于是来不及茫然，两人又启程返回灵宝。

战火摧毁铁道，公共运输系统尽数瘫痪，他们将仅有的家当带在身上，托张二爷看顾诗人醉街的房舍，两人用独轮推车载着干粮、衣物和年幼的张秀兰，花一个月余的时间步行回灵宝县城。

开封杞县到灵宝四百余公里，张家三口走得很慢，杨氏裹着小脚，每走一段路便要稍停休息，破碎与畸形的脚骨走不动，将布鞋磨出一圈血渍。她恨透了自己，气得泛泪，用力拍打自己的腿。

丈夫心疼地抚着妻子渗出血水的脚趾缝，让她坐上推车抱着张秀兰，自己则再次拿出了当年带杨氏私奔的力气，将整个家的重量放在肘上，艰难地推动前行，杨氏稍微好转后才下车自己走。这么交替之下，他们很快盘缠用尽，得靠沿途乞讨剩饭馊菜才能果腹。内战持续延烧，蒋介石炸花园口堤防的饥荒后遗症发作，整个河南成为一个大难民营，一路上尘土漫漫，连蚱蜢、草木、树皮都被吃尽。

旅程仿佛荒凉而没有终点，可怜的张秀兰营养匮乏，整日奄奄一息，没有丝毫力气哭闹，等好不容易抵达灵宝时，一家三口蓬头垢面，面容宛如饿鬼般可怖，杨家人惊骇地赶紧将他们迎入屋内，守丧期间给他们安排了住处，这才又重新安顿下来。

在他们走过这四百公里的地狱之路时，中国的局势发生着翻天覆地的变化。国民党节节败退，接连的战役失利让他们逐渐往东南方向移动，眼见短时间内秩序恢复无望，守丧结束后，杨氏与丈夫就在乡亲的协助下待了下来，协助农务和一些零碎的杂活维生。

有一天丈夫结束田里的工作，扛锄头回城时感受到一股骚动，广场边人声鼓噪不安，混杂着欢腾、兴奋、焦急、恐惧的情绪，他的视线往前，越过黑压压的一片人头，聚焦在高台上的男人手上的一面五星红旗上。男人挥舞着旗帜，激情呐喊：

"解放啦！新中国成立啦！新中国成立啦！"

他突然意识到，这辈子他们是再也回不去杞县了。

曾经四人在简陋小屋的安逸幸福，已不可逆地被消解在时代的波涛白沫里头，旧有的秩序将会被推翻，未知而光明的世界的帷幕，即将揭开，从今天开始，他是一个全新的中国人了。

＊＊＊

　　1958年,张秀兰牵着杨氏的手,在灵宝县城鼓楼前的人群里,听官员宣讲迁移的消息。此时的她已出落成清秀的少女,个性不只继承了母亲的温柔与父亲的坚毅,还有杨氏家传的一手织布针线活。她的童年在辗转流离与困顿中度过,新中国成立后她在很短的时间内补全了破碎的基本教育,至少读书识字不成大碍了。

　　新中国成立后党中央为尽快安顿局面,安排就地落户政策,他们三口被重新划入灵宝的管辖,杞县那边的老家自是回不去了。而此时官员说明的搬迁政策是关于不久前决议的一项史无前例的伟大工程。

　　自古以来,黄河治理便是中国历朝统治者头痛的问题,与相对温驯的长江不同,黄河既是哺育平原的母亲之河,又是带来水患的恐怖凶兽,推淤积出的高原景观造就了窑洞、地坑院等独特聚落形式,缔造出辉煌的中原文化,但每隔一段时间的改道影响大量人口居住地变迁和经济损失,即便水利技术不断进步,千年来这难题一直无法被彻底解决。直到党中央下定决心,召集全国的专家与苏联工程师合作,要建立一座三门峡大坝。

　　河南三门峡市便是奠基在这座大坝的建设所需之上,水利部成立了黄河规划委员会,在人力、物力、技术资源的调度下,很快在平地拔起一座新城,来居住的多半是工程师、工人与其家眷,他们与苏联来的专家合作画起蓝图,研究该如何铺设地基、浇灌,计算这一切又需要多少年与多少经费,他们要挑战的是这世界上最难的工程之一。

若是三门峡大坝能成功,意味着工程经验可以被复制到其他流域,水力发电、灌溉和饮用水也能给河南经济注入新动能。

但水坝的兴建将淹没上流的部分城镇,灵宝老城便是其中之一。于是在政府的安排下,灵宝的人口被划分到周边安置,张秀兰带着父母搬迁到附近高地上的柿树沟。

与城里不同,柿树沟村里的居民多住在窑洞里,新人的迁入意味着需要开凿新的窑洞。村主任会在黄土崖边标示界线,说哪家哪户只能挖到哪里,但偶尔也会有不小心凿穿邻居墙壁的窘况。一时居住空间需求大增,村主任万分苦恼,别无办法只能安排部分移民与当地人合住,张秀兰就是在这种情况下结识了张应群一家。

据大伯所说,我的姑爷张应群从前便是个寡言内敛的人,他是家中四个孩子里的老幺,父母都是农户,两户张家住在一处窑洞下虽获得了少许补贴,但依然改变不了贫困的现实。所幸大家都理解时局艰困,互相帮忙,或许因为年纪相仿,他一开始便对张秀兰有了好感。

一家人在此无财无产,无名无分,只能继续干农活。张秀兰童年走过四百公里的荒凉之路,干练早熟得令人钦佩。少女性格直率,喜愠表露在脸上,挑水不喊一声累,后来村里合作社开放职缺,张秀兰成了合作社里一名小会计。

那是个几乎没有余力谈恋爱的时代,张应群想献殷勤,却木讷得不知如何表示,只是在家中老是抢过粗重的活。当张秀兰回来时,帮她揉揉酸疼的肩膀。

两人关系很快亲密起来，当时刚推行人民公社制度，土地从私有制被解放出来，大量基础设施、水利工程开始兴建，农村一片欣欣向荣的气象。男人们在每天早晨集合出发工作，张秀兰会在前一晚检查张应群的衣裤，帮他缝补洗净，其他兄弟的衣物却滞后处理，杨氏看出两人间的暧昧，调侃让张应群来做他们女婿，张应群总是腆红着脸不作回应。

少年想谈恋爱，但少女心思却总被其他事物占据。

合作社的工作外是针线活，还有因母亲腿脚不便，张秀兰要一肩挑起各种烧水、扫地之类的家务，她感受到父亲变得虚弱了，有余力时一边帮父亲敲腿按摩僵硬的肌肉，一边担忧着家里的储粮。没有玩乐和同伴的张秀兰，只能在闲暇时在门边逗弄蟋蟀，或动手用剩余布料缝几片花儿，偶尔她会想起哥哥张文学，埋怨他跑到哪里去了，那身影在这些年间竟没有消失，当她试图回想，仍旧能清晰地在脑海中勾勒出十八岁的张文学，而现在，自己竟也已经长到当年他离开时的年纪。

受到同事欺侮感到无助时，张秀兰便走到村子后方一棵老槐树的旁边，默默将眼泪流干，有次张应群见着了，上前安慰张秀兰，见她难过，想转移话题似的问起少女的梦想。

张秀兰怔住了。梦想，那是她几乎没有想过的名词。张秀兰思索半响，告诉张应群，她的梦想是有个家。

"家？你现在不也有家吗？"

"我想要的是不会被赶走的家，一个稳定的家，在那家里妈妈不用卖力织布换取收入,爸爸不用过分操劳,两人都身体健康,我们不必担心饥饿,想吃什么都能吃到,是那样的家。"张秀兰说。

张应群点点头,他听明白了,暗下决心要去应征村里刚发布的培训名额,成为一名地政绘图人员,如果能进单位工作,那薪水应该会比农民更有保障,不管是要他熬夜学习,还是加班加点,张应群对自己发誓一定要做到,然后成为能给眼前女孩幸福一生的男人。

* * *

三门峡大坝的建设并不顺利,中国与苏联的合作充满坎坷。1960年7月16日,苏联决定召回在中国工作的1390名专家,这时援华重点基础工程才完成一半,苏联领导人冷冷地要求中国偿还巨额贷款。于是大量的农作物、货物被征收后出口到苏联还债,外患之下人民的担子更重了。

人民公社里饥饿再次蔓延,本就不充裕的粮食,在气候与外交因素下更显窘迫。

张秀兰转到公社内做簿记,每到中午和傍晚,她们会到公社旁领取一小碗稀薄的粥水,起先还可以配上红薯或萝卜,渐渐地就连粥汤中都捞不到米粒了。人们骨瘦如柴,在半夜里因饿得胃疼发着冷汗醒来。张秀兰的经期因营养不良断断续续,她再次吃起榆树皮做的白面饼,剥去树皮的榆树很快死亡,黄河边上逐渐光秃一片。

他们几乎吃尽了目所能及的一切,甚至捡来打棉花后的碎壳当成瓜子嗑，将晒干了的玉米芯磨成粉蒸来吃，有些人饿得急了，竟挖井里的泥巴往嘴里塞。

张秀兰总是将能找到的食物尽量分给父母，假装自己一副在公社里吃饱的模样。张应群限缩着正值青春的胃口，为避免体力流失，他们无事便躺在窑洞中休息不动，但将能吃、能用的东西全省下了。这样的日子就连年轻人也难熬，一切终究阻挡不了死亡的脚步朝他们走来。

那天父亲出门，在艳阳下硬撑着找着可食用的作物，最终一无所获，他知道今晚妻女还得饿肚子，回来后感觉无比虚弱，他喝了两口水，对着杨氏低喃："好想吃块红薯呀，哪怕只有拇指大小也成。"

这句毫无重量的话语，成为他的遗言，他死的时候全身浮肿，像个富有的大地主，杨氏苦笑着说："你倒好，先去下头享福了。"

杨氏的身体日益虚弱，体重一天天往下掉，据说到最后一只手便能抱起，她似乎感觉自己将不久于人世，在夜里清算起人生最后挂念的事物。

即便来到灵宝，辗转到柿树沟苟活，但十多年来，杨氏没有一刻忘记自己流落在外的骨肉，于是当村子门口出现一名老乞婆，苍老的话音仿佛海涛，双眼半盲、披头散发，宣称能以掌纹占卜之时，杨氏还是过去求卦，她得知儿子还活着，在东南方向。老乞婆说，张文学会回来的，从此杨氏开始期盼村里有外人到访。有天邻居告诉她，镇上的邮局里来了一名男子，年约三十，从福建省来却有着开封的口音，似乎来问路，杨氏激动地要张秀兰带她去邮局，等她们气喘吁吁到了邮局前,正巧看见男子离去的背影,杨氏一眼便确认了那不是张文学,难过得跪地哭了起来。

杨氏心想,至少将女儿的大事给办了。她与另一户张家商谈,在取得同意后唤来张应群,说道:"这段时间你待我们不薄,我也视你如儿子,你与秀兰更是两情相悦,我很赞同你们成为真正的一家人,但现在咱家没有男人,张家不能无后,若你愿意到咱家来,我若是走了也好放心秀兰的下半辈子。"

张应群听懂了,这是要他做上门女婿,而出乎杨氏意料之外的是,张应群立即跪地点头,喊了她一声妈。

张秀兰感激不已,她知道这对一个男人来说是多不容易的事,在思想传统保守的农村里,为了给她们一家人承诺,这次点头会换来多少外人的欺侮。

杨氏欣慰地拍拍这名青年,那晚张秀兰与张应群便结婚了,没有张灯结彩,没有喜宴应有的热闹氛围,他们从生产队包了些饭菜,只是用红色的剪纸在窑洞前布置一番,象征喜庆。十个月后,张秀兰的第一个孩子出世了,他们取名玉华。杨氏将孙子抱在怀中,心中放下一块大石,紧绷的弦松弛下来。

生命是以死亡为代价交换的。

杨氏躺在床边,张秀兰半跪着想喂她喝水,但杨氏摇头示意不用了,她用尽最后力气跟张秀兰说了最后一次她那已反复说过无数次的叮嘱:"你的哥哥一辈子在外流浪,为他找到一个好归宿,不要让他没有家可回。"

张秀兰流着泪坚毅地承诺了,杨氏这才安心。张应群在侧看着心里酸楚,却哭不出来,他是个对情感表达含蓄的人,认为行动远比语言重要,他沉默地弯身将张秀兰搂入怀里。

孩子没有理解生命正在消逝,用细嫩的手掌拍了拍杨氏逐渐冷去的身躯,歪着头露出困惑的表情。年幼的玉华就这样注视着奶奶,直到杨氏瞳孔深处最后的幽光消失,眼睛变成一颗黑色的玻璃球为止。

来自西藏的退伍兵

轻如羽毛的雪花飘落在寒夜的大地上,堆积成洁白无瑕的原野。清冷的月光铺满一地,周边漆暗无声,就连雪兔和狐狸都蹑手蹑脚地移动,生怕被树梢上的鹰发现踪迹。这样的安静是种自然的默契,除了昆仑山脚边的兵营偶尔传出的几句喝彩,划破西藏高原的肃穆。

"妈呀,就你运气好!"

"张哥今天不走运,咱们得加把劲啊。"

张玉华气得将一把牌拍在桌面。对面三个小兵得意扬扬,随即收拾牌桌再次洗牌。

在这偏远兵营的夜晚,玩把小牌是士兵们仅有的娱乐了。这几天教导员出差,年底大部分维护跟操练都做得差不多了,部队氛围松弛,张玉华与几个战友闲聊,其中两人还是河南老乡,平时他们都聚在一起，相处得格外亲切。张玉华埋怨着今天手气不好，心底却记挂着房间角落，桌子抽屉第二层放的印章。

"喔，对了，我走个公文，你帮我拿过来。"张玉华突然想起似的摸摸脑袋。

小兵七分得意，摇头晃脑，他刚才打牌赢了张玉华几局，高兴得几乎要飞上天，却不知道那是张玉华故意输给他们。他知道整个昆仑山营区士兵里，就属张玉华资历最老，而上级已经颁布指令，明年张玉华将保送士官晋升。

"张哥，那有啥子问题，你看要盖啥自己来呗。"

"不行，咱们轻松，但不能随便，你盖吧。"张玉华将文件递过去，表示对小兵职责的尊重，小兵晕着点点头，看都没看一眼，拿起章按了印泥，朱红签章便印在文件上头。张玉华内心窃喜，可表面不动声色继续玩牌，直到深夜才回去。

那是张玉华的退伍申请书。

高中毕业后张玉华高考失利，没有大学可读，他是长兄，考虑到家中经济状况与弟妹，想着趁早就业分担压力，便报名了志愿兵役的甄选。那时河南乡村穷苦人家的孩子都想参军，他也没想到自己能幸运地成为村里仅有的三个录取者之一，在集体训练后，分配到离家千里之外的西藏边疆，从运输兵做到士官。

张玉华在部队中待了七年，因路费太贵与请假不易，他几乎没有回过家，唯一一次是返乡结婚，与村子里青梅竹马一块长大的女孩成亲，那女孩便是我的大娘史娅琴了。匆匆办完婚礼后，张玉华再次返回西藏，留下妻子在家中照顾母亲与弟妹。

张玉华身材矮壮，浓眉方脸配上踏实爽快的性格，既不怕累脏苦差事，也懂得部队的人情世故，在长官之间收获不少赞赏。西藏兵营环境艰难，很多人都支撑不久，张玉华虽无军衔但也算是这里资格最老的兵，长官放心将伙食采买、经费管理等庶务交给他办，就在不久前告知他明年士官的名额里一定有他，希望他能继续努力。

本来按此发展，张家又可以多一名优秀的军人，晋升后在部队工作的支持下，河南老家的发展也能有所改善，但就在这时，张玉华收到了弟妹的信件，信件告知了母亲病卧在床，已是命在旦夕。

张秀兰开始感到晕眩是在一年前，最开始是走路不稳，她以为过度劳累，回家休息了一会儿，可晕眩并未消失。随时间过去，症状跟着耳鸣、听力减损变得严重起来。几个月后，张秀兰甚至走不了路了，她躺在家中床榻上，睁眼便看见天花板着魔似的旋转，喝水便呕吐。孩子们心急如焚，带母亲去看医生后检测出是美尼尔氏症，这种内耳异常造成的症状乡村医生说不清楚，只告知了回家多休息。

此时张应群已成为一名地政人员，由于工作因素常被调派到洛阳、驻马店等地测绘，听到消息赶忙回到三门峡，却对这情况也束手无策。家里四个孩子都要吃饭上学，根本没有余钱看病买药，只能陪在身边照顾，焦虑地看着张秀兰一天天消瘦下去。

信件上，大弟玉祥几乎要哭出来的语气透过文字传了过来，张玉华读完后想了一夜，决定申请退伍，指导员力劝挽留，但张玉华去意已决。

隔天一早他拿着走完流程的文件，在领导的认可下开始办交接手续。办完后张玉华收拾行囊，订好了最早的一班车回三门峡。

次日清晨，在部队所有人都尚未醒来时，张玉华在战友的送行下搭最早的一班车，往家的方向飞驰而去。

* * *

窑洞里还是那熟悉的土腥味。

张秀兰在家里躺了一年，几乎无法下床，反复发作的晕眩与呕吐让她全身仅剩下骨架的重量，一米五五的身躯只有约六十斤。前几天女儿大婚，自己竟连起身都做不到，只能在床上接受新人的跪拜大礼。

她感觉自己离死亡很近，近得伸手便能触碰，但就在她弥留之际，她触碰到的却不是死亡，而是一名男子的身影，模糊的身影温和而有力地握住她的手，粗糙的掌纹有她熟悉的温度。

"妈，我回来了，这次不走啦。"那声音颤抖地说。

没有人知道张玉华要回来，弟妹首先是惊喜，随后是哀伤，因为他们知道哥哥放弃了在部队的大好前程，而那曾是家里唯一脱贫的希望，他们小时候都是穿哥哥从部队里寄来的淘汰的棉衣、羊皮袄子，家里的水盆水杯都带着营区的痕迹。张应群回到家中，见到长子心情复杂，埋怨他不该没说一声就回来，但张玉华没有多寒暄，他感到母亲的生命正点滴流逝，他需要从死神手中抢回那些时间。

张玉华拿出在部队多年攒下的两千元钱，这笔钱当时足以在三门峡乡村盖四间小房。他每天早晨和妻子简单做些饭菜，等弟妹吃完上学去，就拉车载母亲前往镇上的医院。这一路全是上坡，张玉华浑身冒汗，越过颠簸的黄土路求专家诊治。

1988年年初时，边疆军人每月薪资七十元，三门峡当地医生每月不过三十二元，一帖药却得十元上下，花钱如流水。几次下来病情却未见好转，张秀兰的晕眩并未减轻，每天坐在推车上去医院感到恶心难耐，苦涩的中药得分好几口吞咽。张玉华心里感觉不对劲，诊断完药喝了，针灸也做过了，究竟是什么地方出了问题？

他们母子每天到医院前守候，从诊治到抓药张玉华寸步不离，不住追问细节，看着奄奄一息的母亲，他心疼得连饭都吃不下，想再省点钱买更好的药材。直到有一天，一名青年医师在看诊后把张玉华带到医院后方的小院子，黄昏的余晖将侧脸映成鲜橘色，他告诉张玉华：

"兄弟，实话跟你说吧，不是我们拖延，实在是院里药材短少，一直缺了几味药，你带着老人家天天来，诚心我是见到了，这样吧，明天上午你再来一次，我给你开张方子，你到城里西站去找找药材，若还没有再告诉我，我想办法帮你安排。"

猛药之下，张秀兰的病情终于有了起色。

一天早晨她醒来，发现着了魔似的天花板终于停止转动，感觉眼前从未有过的清晰，水也能顺利滑过喉咙。张玉华大喜，听从医生的指示，继续服侍母亲用药，几天后，张秀兰起身出门，走到农地边发现田埂旁有几根杂草，弯腰顺手除去。一个月之后，张秀兰痊愈，再也没有犯过病，全家人都高兴得不得了。

张玉华松了口气，想未来还可以陪在老妈身边几十年，心底无比安慰，肯定地跟自己说这一切都值得。

＊＊＊

杨氏过世不久前，张家又被搬迁到现在的重王村，一样居住在窑洞。

三门峡对张家来说是舅家（杨氏的娘家），追根究底不是本地人，加上张应群在外工作，张玉华在西藏当兵，家里成年男性缺席在农村里容易被说闲话。生产队的冷言冷语传到张秀兰耳里，她气得直接当着领导的面大吵，被调去其他单位。小时候几个孩子被人欺负甚至被人看不起，让张家在村里一直抬不起头。张秀兰尽管恼恨，却毫无办法，面对村人的讥嘲只能硬吞下来，一手把孩子们拉扯成人。

几个孩子中，老大张玉华个性稳重大方，很早便能帮忙农务；大姐张玉蕊务实温柔，后来嫁给隔壁村的李家；老二张玉祥擅长读书，学习一直很好；老三张玉强、老四张玉林、老五张玉忠则年纪还小，常常贪玩耽误功课。张家人丁众多，早年为养家糊口，张秀兰从少女阶段就开始干活，工作后还忙碌于家务，对于管教孩子除了分配每人每天该做的农活外，学业并没太多心力管教，能说则说，说不过只好打骂，骂完再回到案前就着煤油灯边打瞌睡边补孩子的衣物。

最早在生产大队时,张秀兰被分配到信用合作社,工分记下来能分到的小麦不多,她会将红薯磨成面,做成黑馍馍,用玉米叶铺在蒸笼上,按孩子的人头数一次蒸几天的量,搬家后,信用社解散,各家分到各自的农地耕种,加上大儿子到部队当兵,家中享有军人眷属优待,饮食条件才稍微好些。

有时张秀兰心情好,她会拿出珍藏的小麦面粉,加入盐、葱以冷水和面,在锅上刷一层油煎成饼,油烟把窑洞墙面熏成一片黑,香气四溢,那是孩子们能享受到最好的美食了。

每逢年节,张秀兰与张应群会带孩子去祭祀,他们依然穷得没有办法立碑,只能在坟头前烧纸钱祝祷。同时,张秀兰习惯在杨氏的坟前另烧一小堆纸钱,问她给谁,她会说是给他们素未谋面的舅舅。

张秀兰当然记得母亲死前的托付,但她渐渐放弃了。

生活的重担压得张秀兰难以呼吸,她承受着村子里的闲话,承受着孩子每一张喊饿的嘴,哪来的力气再去找哥哥呢?

她已经四十多岁,残酷的岁月让她认定了这就是生命的本质,一种人生是由苦难与试炼组成的哲学观,能守护好现有的一切就已如此困难,期盼只会带来伤痛,期盼是不应该的。张秀兰只当张文学已经走了,或许死在某场战役的子弹下,或死于后来大规模的饥荒,哥哥会永远活在自己的记忆里,这已足够。

后来得病,女儿出嫁,儿子返乡,张秀兰康复,一家人又回到平稳的轨道。

家里还是穷,一季有一季的窘迫。弟妹都在上学,张玉华结婚后的这几年，家务由媳妇史娅琴打点。南瓜是贱东西，在地里好养活，于是饭桌上总是有炒南瓜、南瓜汤、煮南瓜，否则就只能是红薯，有年河南大雨，地里的麦子来不及收都抽芽了，实在舍不得扔，没办法只能磨成黏糊糊的面蒸来吃，家里一吃就得吃上整个冬天。

平日里是见不着白馒头的，但史娅琴还是会备着几个放在缸里，若有客人来，按着人数摆上白馒头是礼数，但通常来客也不会真的全吃完，毕竟大家都知道彼此的境况，没人真好意思吃完，通常几个人分着一个吃，剩下的她在客人走后再摆回缸里，等都快坏了才给弟妹分食。

尽管妻子毫无怨言，但张玉华始终感觉心里亏欠，他主动接手部分家务与教育弟妹的责任，张秀兰也轻松不少。寡言的张应群回到岗位，张玉华这才开始考虑起生计的问题。

改革开放后沿海城镇快速发展，但河南农村的经济仍如一潭死水。张玉华思忖，他除了务农和部队得来的工作经验没有其他技能，几经评估后，决定发挥曾担任运输兵的长处去开车。他的驾驶技术很好又懂得维修，用最后一点钱加上贷款，买下一辆老旧的中巴车，从三门峡跑洛阳的客运。不料这辆中巴的破烂程度超乎想象，时常故障，又添进去不少费用，加上每月得偿还贷款的高额利息，不仅没有赚钱，反而将张玉华卷入债务中。

一名老乡告诉他，既然会开车，那不远处山上在招人运矿，何不去试试？俗话说灵宝有三宝，黄金、苹果和大枣。黄金开放后，很多人想在上头淘一笔。

张玉华听信了这老乡的话，跑去应征采矿司机，一个月有两百块钱，每天在勉强能通过一辆车的山道上来回。虽然那车道太过狭窄，不时就会有技术不熟练的司机连整辆车摔下谷底，生死自行负责，叫人捏把冷汗，但张玉华只能硬着头皮上。就这么战战兢兢开了快一年，工资始终欠着不发，等到采矿场前聚集了一群愤怒的工人要求结款时，才发现老板竟然跑了。

他回到村里，拿出最后一点积蓄开了一家小饭店。当时全村就村头村尾两家馆子，张玉华负责招呼客人，史娅琴就做些凉拌菜，另外从隔壁村里聘了个厨子。但忙活半天，一算账还是亏本。这回连史娅琴都气上头了，他们最后将饭店顶让给村里另一位邻居时，还为一口水缸算不算在顶让资产里闹到了村委会。

没办法，真的太穷了，穷到一口缸可以代表许多事物，比如尊严。

此时他们的孩子张海科刚出生两年，张玉华和史娅琴努力打零工、干农活，安抚娃娃的啼哭，有时张玉华看着儿子，不禁愁苦地想到未来所需的学费怎么办？家里弟弟毕业之后怎么办？作为长兄，他是个顾全大局的人，为了母亲，他放弃了部队的似锦前程。虽然母亲现在身子好了，可是一切却仿佛又回到了原点。

这一年过年时，声如海涛的老乞婆不再出现，取而代之的是村里迎来两个盲人，说身怀千里眼神通。村里人知道，这多半是来算命顺便讨些吉利钱的，不过百无聊赖，去听些吉祥话也没什么损失。于是三姑六婆们便在村口排起队，来到两个盲人的板凳前。

等到了张秀兰时，其中一人捏起她的粗糙的手，突然哎哟一声，随即掐指比画。

"大娘莫非有亲人在外?"

"是有一人。"张秀兰想到应群还在洛阳出差,疑惑地说。

"那好,恭喜大娘,等明年此时,我来喝你们家喜酒啦。"盲人大笑。

"什么喜事?"张秀兰不解。

"你很快便会知道了。"

既然没有多说,秀兰也就不当回事,笑着给打赏了。两个盲人走后,村子又回到了平时的宁静。毫无波澜、数年如一日的贫困,让所有人都无法分神在生存以外的事物上,他们关心农地里的万物生长,关心孩子的课业。于僵局之间,自然没有人察觉,历史是由一连串不起眼的奇迹所累积而成的。

有天黄昏,张玉华同样拖着疲惫的身躯回到家门前,却见狭小的窑洞里挤满了人。外圈是一众好事的乡亲,甚至连村主任李向阳都来了,内圈则是自己的弟弟妹妹,他们惊讶地议论着,嘈杂的交谈声淹没整个房间。最核心的那人是张秀兰,她颤抖的手中拿着一封电报,眼泪止不住地往下掉。

电报上写着:张文学要回来了。

返乡之日

张二爷通常起得很早，醒来后注视着朦胧的晨曦从窗子慢慢渗进屋内，等头脑稍微清晰些后，他起床折叠棉被，到厨房烧热水用毛巾擦脸，出门沿着杞县的街道散步两圈，回到家时孩子们多半已经起床，他们一起喝面汤当早饭，之后各自出门工作，这样的生活已经持续十年了。

杞县经历过战火、饥荒与人民公社时期，在改革开放后还是以农业为主，鼓楼周围开始有了些民营小摊，街道边有人修理农具，贩卖五金杂货。上午，多数村民都务农去了，阳光安静地洒落在楼房上，偶尔有几辆汽车往返扬起路面细微的黄土沙尘，不远处传来小学校内操场童声齐唱的国歌。张二爷七十多岁了，有时想到自己竟然活到这岁数真不可思议，那天早上醒来以前，他梦见自己的兄弟，杨氏消瘦的丈夫坐在昔日蔬果推车前笑着和他招手，递给他一颗柚子。

柚子？张二爷心里纳闷，自己很久没见过这种水果了。

每周一次，张二爷会走进杞县邮局察看信件，但更多是和老朋友聊天。他钟表机械修理的技术未曾生疏，会帮邮局里调整下时钟，给门锁上油保养。张二爷进门打过招呼，确认了没有自己家的信便坐下来闲聊，这天邮局业务并不繁忙，熟面孔懒得特意招呼他，让张二爷随意坐在柜台的一沓文件前。

"这些都是啥？"张二爷问，他随意翻弄，这些文件积满一层灰，稍微挪动便扬起尘埃。

"都是些没人认领的信件，查无此人或查无地址。"邮务员说最近要清理库房，他们拿出来准备扔掉了。

张二爷翻着文件，上头的许多地址已经不存在，令他讶异的是，这些信封多是自海外寄来，由繁体字写成，他好奇地检阅着，仿佛想从信封上的陌生字迹搜索出杞县曾经的模样。文件保存得并不完善，许多边角被蠹虫啃食得零碎，名字被抹掉，被浸湿后干涸变成一团墨块，张二爷却饶有兴趣地往下翻，直到他在灰尘里看见一个名字，呆在原处。

张金铭。那是他兄弟的名字。信件地址写着诗人醉街，仿佛已经过世多年的鬼魂就站在张二爷身边，他犹豫地将信抽出，借过裁纸刀将信打开。

* * *

赵志华绝食过世几个月后，张文学从昔日部属得知了消息。

他捏紧了信，从花莲联合保养厂请了病假，换上便服，一个人从营区走出来，走很久的路来到海边，愣愣地望着白色的波涛，想到长官生前因是湖口事件主犯，在狱期间未能探视，到死前终究未能见上一面，心里有说不出的复杂与遗憾。

海的北方可以眺望耸立的断崖，岩壁上有条险峻的公路，蜿蜒连接着花莲与宜兰两座县市，那是无数外省老兵在退役后开凿的成果。这些老兵多半没有家庭，在撤退到台湾后，为消化大量闲置劳力同时推动基础建设，当局调动大量人力开挖出北中南横、苏花等公路，工程尽是血汗，常有落石造成的死伤。

张文学看着海岸断崖，知道自己应该感激。

他没有恨过赵志华那日的冲动，对于长官，他仍怀抱当年从大陆撤退来台时的景仰。这许多年来战友们相继退伍，境遇好些的在台湾有家人子嗣陪伴，甚至还有些家产，运气不好的则孤老终生，客死他乡。每年过节他都会收到几封部属寄来的问候信，那些信件他都收着，一年少过一年。

随着战友凋零，张文学心底渴望回到河南的火苗渐渐弱了。家乡是一座荒岛上遥望不尽的黄土高原。

退伍后，他回到台中，在大雅找到一份工作，将过去身为侍从官的荣光，连带所有回乡的期盼锁进几本相册里，很长一段时间没再打开。三个孩子长大了，家里正是用钱的时候，日子总得要继续过，张文学卸下军职，现在起他要重新扮演好父亲的角色。

1987年，张文学在信箱里收到一张古怪的传单，斗大的标题写着"我们已沉默了四十年"。

他好奇地抽出一看，传单是由外省人返乡探亲促进会制作发出，往下阅读，开头一句话立刻勾住张文学，传单质问着："难道我们没有父母？我们的父母是生是死却不得而知。生，让我们回去奉上一杯茶；死，则让我们回去上一炷香。"

那年年初，许多当年跟随国民党来台的少年都垂垂老矣，积压已久的愤怒在台湾各地集结成一股力量，要求台湾当局开放两岸探亲。张文学心底对回家的渴望重新燃起，每天关注着报纸上的新闻，新闻写大批荣民集结在国军退除役官兵辅导委员会请愿，爆发肢体冲突，又有人喊如果不开放将在下次用选票教训当局，更多的传单出现了，标题写着"回家的时候到了""抓我来当兵，送我回家去"，舆论逼迫当局不得不研拟开放往来的政策。

终于，在是年11月2日，当局开放凡在大陆有三亲等内血亲、姻亲或配偶的民众登记赴大陆探亲。新闻公布探视政策时，张文学在电视机前激动得一句话都说不出来。

历史的进程已剧烈改变，四十年过去，许多联系渠道需要重新搭建，当时台湾各地都有退伍军人、外省人组成的互助会，协助归心似箭的老兵返乡。很多人顺利找到自己的血亲，还有更多人在原地址跟户籍变更后就失去联系，成为真正的孤儿。张文学在国际红十字会的牵线下拼命写信打听，向杞县、开封发去无数信件，但多数石沉大海，没有一点回音。

信件往返河南与台湾要耗费许多时日，每天醒来都是煎熬，张文学几乎要放弃了，如果不是他的叔叔张二爷仍在杞县，仍神志清晰，极其偶然地发现寻人信件，那张文学此生就不会再有机会见到自己的亲人。

而张二爷自然也不会知道，那封信自台湾寄出后经由红十字会的转发，在他发现以前，已经在邮局收发处躺了八个月。

看了信里的文字，喜悦、感慨、哀伤等复杂情绪涌上张二爷心头，那信里侄子问候自己的父母，但他的兄长嫂子都已离开很久了，张二爷不知怎么响应，只知道有件事情非赶紧做不可。

他离开邮局用最快的步伐回到家中，找出新中国成立后兄长家落户在三门峡的地址。必须尽快告诉张秀兰这个消息。张二爷心想。

* * *

纯琳与纯珍帮父亲准备返乡的行李，她们按着他的要求去打了几副金饰，又借来特大号行李箱、手提包装进衣物跟零食，张文学每天在家里踱步，不时想到什么要添增的，匆匆忙忙跑出去采购，若不是因为容量有限，他会把早已挑好的冰箱、收音机、洗衣机一起塞进去。

幸子有些担心他能否找到路，当时没有台湾直通郑州的航班，只能通过香港转机，就连书信往返也得通过香港，收到时常发现拆开检查的痕迹。不过张文学信心满满，非常肯定自己能顺利回到河南，说当年烽火连天、道阻且长的战乱下他能来到台湾，如今两岸和平，回趟老家算什么难事？

两个女儿送文学到机场，欣喜而忧虑地看他走入海关，一想到自己父亲的心情，纯珍不由得默默泛泪，只能祈求他一路平安了。

绿皮列车窗外的景色枯黄，冬季的大地萧瑟寂静，张文学眺望远方，却仿佛能听见黄河岸边碎冰的声音，他感觉自己离家很近了。从台北飞往香港，转往郑州，再从郑州转车到三门峡，那是个他从未听说过的地方，一座为了大坝而生的崭新城市。在机场时他遇到许多返乡的旅客，出于某种经历过相同时代背景的亲切感，他们彼此问候去处，其中一人与他年纪相仿，手上拿着一瓶酱油。张文学好奇地问为什么带酱油回去，那人说当年母亲让他出门采买，却在途中被国民党掳来台湾。

"这么多年过去，我总算能将酱油买回家了。"那人抚摸脸上的皱纹，轻描淡写地说。又问："你带了什么呢？"

张文学带了太多东西，两包行李被撑得饱胀，装满衣物、饰品、生活用品等，他给所有亲人都带了礼物，如果可以，张文学希望能将这四十年的光阴都打包回家，让张秀兰看看自己都经历了什么样的人生。

航班里几乎都是返乡的外省老人，他们头发花白，止不住激动地和邻座聊起当年如何被国民党带到台湾，这些年又是如何度过的。很多人放弃了原来家乡的妻小，到台湾另组家庭；也有人没能找到当年离散的亲戚，这趟回去打算亲自走访寻人；还有一小部分人默不作声地望向窗外，他们只买了一张单程票，打算埋骨于故乡。

每经过一站，沿途的旅伴就少了一些。许多人在香港拿着机票，寻找飞往湖南、安徽、山东的航班。到郑州机场出站时，张文学见到一排探亲者的家属站在关口，见到盼望已久的亲人出现在眼前时，他们拥抱对方，啜泣声此起彼落，老人的皱纹沾湿了泪水，而他则赶往城市另一头的郑州车站。

十几个小时的路程，张文学几乎没有阖眼。能够回家见到妹妹自然高兴，但更多的是忐忑。究竟是在不安什么，张文学却也不太清楚。在台湾度过大半人生，回河南老家的渴望从激昂到破灭，到几乎放弃时却又出现转机，命运太会捉弄人了，张文学担忧这会不会是一场骗局？会不会到了三门峡却无人接应？他已经习惯风雨，却在家乡面前却步，那惶恐激烈地敲打着他的心。

"三门峡西站到了。"听见列车广播，张文学提起笨重的行李下车。月台上许多脸孔望向这位显然来自外地的陌生人，他拍了拍西装，呼出一口白雾，镇定地走向检票口。

此时在站外，张玉华领着几个弟弟紧盯着出口，他一早借了辆卡车，从重王村开到三门峡西站接应舅舅。张玉祥想起当时收到杞县张二爷的信，隔天下午他就赶到市里发电报，电报一个字得四块钱，家中教育程度最高的他身兼重任，斟酌用字，删减老半天，最后心疼地用了两个月的工资向台湾发送过去，两周后家里才接到回音："我预计将于年底返乡。"

他们怕认不出舅舅，却忘了做块写有名字的纸板。出站的人越来越多，他们心底更加焦急，突然张玉祥在人群里看见一名西装笔挺的男人东张西望，拎着大行李，气质跟周边截然不同，他立刻边冲过去边喊道："舅舅！是舅舅！"

张文学听到呼喊，转头去看，几个人跑了过来，疑惑很快转为确信，他兴奋地跟自己的外甥相认，双手激动地颤抖。

"舅舅，咱们就这一辆车，我来接您回去。"张玉华高兴地领着张文学到车上，心想小时候烧过纸钱的对象现在活生生出现在眼前，太神奇了。

"你妈身体还好吧？"张文学问。

"还行，她接到您的信激动坏了，听说您要回来，这几天到处打扫，村里的人都知道了，现在应该都在等着……舅舅，咱们这边农村生活条件没你们那边好，一切都比较简陋，可千万别见笑。"张玉华有些慌张地说。

"没事没事，能知道有亲人还在就是天大的欢喜！"张文学拍了拍大侄子宽厚的肩膀。

即便从未见过面，但两人很快熟络起来，他们一路聊着家事离开三门峡西站，开车前往重王村。张文学先前已从电话得知父母过世，虽在预料中但还是难掩感伤。张玉华是家中唯一见过祖母的孩子，他说了些自己对杨氏的印象，还说了老灵宝城在三门峡大坝兴建后淹没于水底，现在村里大部分种植枣树等近况。随着景色逐渐荒凉，一处处窑洞出现在张文学眼前，道路慢慢收拢，车最终停在村口。

冬天冷冽的空气被包围的人群挤压得暖烘烘的，几乎所有村民都放下手边的事来凑热闹,想一睹张家的台湾亲人,村主任李向阳站在最前头,待张文学一下车就握住他的手,笑着大声欢迎,周边的乡亲交头接耳,好像见到什么传说生物似的品头论足。张玉华停好了车,挺直身板站到舅舅身前,满脸骄傲的神情,一个孩子钻到人前,丝毫不畏惧地盯着张文学看,大声问道:"你是台湾人吗?"

"我是台湾来的,但我是河南人呀,跟你一样。"张文学弯下腰回答。

村民们鼓掌喝彩,这时一个矮小的女人走到人群前,犹疑不安地喊了一声:"哥?"

轻轻的呼唤穿透人群的鼓噪,那一瞬间,十八岁前的记忆开始补上时差,张文学眼前掠过父母的面孔,掠过诗人醉街巷口的小杂货铺,日军侵犯杞县时他们一家躲在教堂外的轰鸣,开封高中凌乱的男生宿舍,讲台前校长喋喋不休的训话,以及他每次回家时,巷子口那不及他腰部高的朝他奔来的小女孩,一切在眼前与女子的身影迭合。

"你……"张文学喉头哽住,看着女人满面沧桑,他的脑海短暂地空白,然后在长达半个世纪的数秒后,他流着泪笑了出来:"秀兰,你都成老太婆了啊。"

* * *

尽管侄子们想给他安排旅馆,张文学仍坚持要住在家中,他们来到黄土坡旁的窑洞前,秀兰笑着问:"你看你敢不敢进去?"

"怎么不敢?"文学钻了进去,被安排坐在炕上,身子逐渐暖和起来,煤油灯透出不太明亮但温馨的光芒,窑洞里土壤的气味让他感觉安心。张秀兰坐在哥哥身边,介绍丈夫张应群和自己的几个孩子,大略说了这几年的事。

张文学打开行李,给孩子们一一分送从台湾带来的礼物,门口聚集的乡亲发出羡慕的赞叹。他笑了笑,猜到或许会有这样的情形,他还带了一大袋的一次性打火机当小赠礼,当时村里多是劈柴烧火,乡亲看到这小玩意儿用手指轻按就能起火高兴极了。

张文学拿出一对纯金耳环,那是在台湾向来节俭的他请人特意打的,他帮妹妹戴上,张秀兰登时容光焕发,像回到少女最亮丽的岁月。

"这么贵重的礼物,还是留给嫂子吧。"张秀兰感到不好意思,想推辞。

"你戴着好看。"张文学欣慰又满怀亏欠地说,"这些年是你代我受苦了。"

最后他从行李包里翻出一只棕色的玩偶熊塞到秀兰怀里,他哽咽着说:"你还记得小时候,你跟爸到大街上去,见到百货店里那只漂亮的熊娃娃吗?你吵着要了好久,家里买不起呀,现在哥哥给你买回来了,你高兴不?"

秀兰抱着熊哭了,这么多年过去,她没想到自己已是中年妇人,文学还是把她当成小妹妹。这只玩偶在后来一直陪伴秀兰入眠,在文学走后又陪她度过了十几年的岁月。

当天晚上一家人吃饭,家人们对张文学在台湾的生活感兴趣,张文学兴致也高,滔滔不绝地讲大女儿钢琴弹得很好,现在已经是音乐老师,儿子如何调皮,小时候有门不走老爱翻墙,现在都有了各自的家庭。对三门峡的亲人来说台湾像另一个世界,他们之中没有人看过海,张文学描述花莲兵工厂外不远处的七星潭,黑色鹅卵石遍布海滩,每当涨潮时便发出哗啦啦的声响……他尽挑些高兴的事情说,众人听得着迷,直到深夜才恋恋不舍地睡去。

隔天张文学醒来,外甥女玉蕊从外头端进一盆水给他擦脸,问舅舅昨晚睡得好不好?

"很好,几十年没有睡这么沉了。"他说。

他们准备了纸钱与祭品去扫墓,到了坟前张文学才发现没有碑。在灵宝习俗里新坟三年不立碑,是要子孙多去探望、打理坟头,但父母已经过世很久了,没有立碑是因为家庭条件困难。他心里一阵酸楚,拿出钱让应群在祭拜后赶紧做个墓碑。

张文学跪在父母坟前,大声喊道:"我回来啦,妈妈别为我担心。"喊完三声后他伏在地上很久不动,直到秀兰去拉他起身。

黄河就在不远处,越过一座小山头就能见着,张文学听说了老灵宝已经沉入河底,他顺着亲人手指的方向,试图回忆起当年父亲和母亲是如何带着他出逃到杞县。很久没见到这古老的巨龙,土黄的颜色和记忆中一模一样。他们走到河边,张文学弯身,将随身携带的玻璃小瓶装满一瓶黄河水。等浑浊的河水安静下来,瓶底沉淀着一层黄土。他将那瓶子带回台湾，到死前都放在床头柜子上。

这段时间张秀兰仿佛回到童年时光，多了许多笑容，在哥哥身前跟进跟出，指认村子里许多人事物。重王村因为张文学的到来引起一阵骚动，在当年有个台湾亲戚是件稀有且光荣的事，村支书与干部前来握手问候，又设酒席招待，把张文学奉为座上宾，许多以前鄙夷张家的人也改变态度，张家在村里的地位一下提升不少。张秀兰跟应群得意极了，感觉走路都有风。

这时又有另一桩喜事来临：张玉华的第二个孩子出生了。

随着村里接生婆来去匆匆的脚步，众人围聚在窑洞里，史娅琴躺在炕上休息，遭逢生产剧痛，她的脸上毫无血色，张玉华疼惜地握住她的手，大家看着刚出生的男孩不住贺喜，年纪还小的海科瞪大眼睛，伸手捏了捏弟弟的脸，争抢着想抱一下，最后孩子交到张秀兰怀里。张文学看自己的妹妹抱着孙子当了祖母，不禁莞尔地想，在他记忆里，不久前秀兰也还是个五六岁的小女孩，而现在从他们算起，家族已经来到第三代，这四十年真是在一眨眼间就流逝了。

"舅舅，您给他起名吧。"张玉华突然提议。张文学赶忙婉拒，说担当不起，但众人都觉得这是个好主意，纷纷央求张文学给孩子起名。

"你起个名吧，既然回来了，这里就是你当家了。"张秀兰说。

张文学便答应下来，沉吟半晌，他要来一本《新华字典》，戴起眼镜翻找灵感，然后想好主意，说："既然哥哥叫作张海科，那弟弟就叫张海和吧。"

"张海和?"众人疑惑。

"这是个我们共同的盼望。"张文学说,"希望海峡两岸永远和平。"

* * *

1950年左右,台湾人口只有720万,撤退的公教、军队却有120万人,从大陆各省撤来的居民都是光秃的,没有分毫值钱的东西,在台湾打拼过日子,艰苦啊!尤其是前十年。

我到军中各单位任职,中间也有相当光耀的职务,我是个非常守规的军人,平时对故乡除了思念之外,很少表现于行动,诸如我连一封家信都不会托他国友人转寄。颠沛流离四十个年头的我,仿佛就是杨四郎的故事,是战争中千千万万与亲人隔离的悲哀与伤痛,不可言谈的心事都化在一出《四郎探母》的戏剧中,可我比四郎的时间还多了数倍。

中国人还是与中国人亲,那个时代的老兵,每个人都有着真诚的爱国家、爱家乡、爱同胞的强烈民族意识,能够准许返乡的人分以下几种:成家已久,生儿育女,小有成就者,很快返乡探亲;年龄老迈,现无亲人,他们不愿返乡;游玩性质者返乡探亲,仅此一次而已,下次再无;年老多病,不良于行,申请直亲来台探视。

——《鲜烟成雨》

在大坝边上

经过四十年的分离,两岸家人能相聚实属运气。现实总比小说更加荒诞,偶然与命运,人类之所以发明这样的词汇,正是因为这世界有太多巧合难以解释。

爷爷辗转流落到台湾,姑奶奶从开封杞县迁移到灵宝,再因三门峡大坝的建设搬到现在的重王村,其间一系列生离死别的动荡,通信完全中断、地址全变的情况下,若不是张二爷意外捡到红十字会的信,他们兄妹要再见面是绝无可能。

直到现在,重王村人口逐渐凋零,但仍有许多人记得爷爷,都说他是个特别好的人。几个邻居想起爷爷,说:"很多人看不起咱们农村人,但你爷爷从来不会,我带他去咱们家里转转,他就是平易近人,我的公公、婆婆年龄大了,他就坐下来慢慢跟他们说话,关系搞得特别好。"

"你爷爷每天早上，喜欢戴副眼镜坐在门口看《人民日报》，然后到村里散步，遇到每个人不管认不认识他都问好，还是素质高。"

"他第一次回来给咱们带了好多火机（打火机），一大袋，每个人发一个，那时村里哪见过这玩意儿，好多人用完都舍不得丢。"

他的返乡为河南家人的生活带来极大的变化，最大的影响在于为家人提供了一种心理与身份的依靠。姑奶奶不再愁眉苦脸，家里有人在台湾发展得很好，让张家在村里的地位急速提高，不仅村干部另眼相待，曾嘲笑张家没有男人当家的乡亲也不敢再说闲话，市里有时还会有联系台湾同胞的来信请姑奶奶转交，在人际关系决定一切的小村子里这可是件大事。一夕之间，全村的人都知道张家有了依靠。

经济跟生活层面上，爷爷返乡除了修父母的墓碑，还在接下来几年里带来各种家电用品，协助搬离窑洞，翻新房舍，支援孩子的学费。许多外省人返乡探亲，出于亏欠或想营造衣锦还乡的氛围，总会想将最好的一面呈现出来。他们穿着西装，身上带着丰厚的"三大件五小件"，给家里添购洗衣机、电视机、电饭锅、吹风机等。在河南张家最需要用钱的时间，爷爷的出现可以说是干旱里的一场及时雨。

聊起爷爷以前返乡，大伯跟二叔用非常怀念的语气，讲他每年回家去哪里吃饭，去洛阳龙门石窟、登封少林寺，还带姑奶奶去西安玩，那几年是姑奶奶最幸福的时光。

"那我爷爷后来还回去过杞县吗？怎么没听他说过？"我突然问道。

"回去过呀，第一次来时就带你姑奶奶去了，唉，但闹得不太愉快。"

大伯皱眉，露出有点为难的神色，说："本来你爷爷高高兴兴地回到杞县，想跟亲戚好好叙旧，但那家的孩子听说爷爷是从台湾过来的，就找各种借口死命跟他要钱，把你爷爷气得宣称再也不联系他家了。"

他说爷爷在第一次返乡探亲时回到河南，便带着姑奶奶到开封杞县拜访张二爷，毕竟是亲人，何况也想回自己出生的地方看看，不料落得一场失望。

这段过往后来在书信中可略见端倪，几封信上的署名我不熟悉，但多半是关于希望爷爷能投资一起做生意，或兄弟结婚要建房等各种事由，语气硬磨软求，起初爷爷还会回信，后来只在信末做了批注："亲家老大有依赖心，想张口要钱，今后还是少回家（杞县），已回信秀兰告之。不予理会。"

20世纪90年代台湾经济高速发展，在加工出口政策的驱使下获得"亚洲四小龙"之一的称号，对比刚改革开放的大陆社会，可以说用富得流油形容也不为过。这样的背景落差，加上返乡探视的台湾人出手阔绰，很多大陆人的确会攀亲带故，找各种花式理由要钱，形成许多负面印象，很多外省老人回到故乡，面对的却是许多乡亲伸手，因此黯然回台湾，再也不跟故乡联系者大有人在，只是这件事就连老爸也从没听爷爷提过。

后来杞县家也来三门峡几次，找姑奶奶希望她能给爷爷带话，闹得僵了，两家便断了往来。

"其实我想要是少借一些，以你爷爷的性格也不会不给，但为了钱又说生病，又说要娶亲装修房子什么的，也难怪他会不高兴。

那趟发脾气回来之后,你姑奶奶就私底下告诉我们,说不准在你爷爷面前提钱的事情。本来我想的是跟你爷爷说,能不能帮忙给咱们家买辆中巴车,这样不用付贷款,我能开车再有个人卖票就行,那每天收的都是现钱,咱们家可就富啦!但既然你姑奶这么说,这句话我也没提过。"

大伯轻描淡写,语气中没有任何惋惜,只是坦然地接受,我听出隐藏在背后那段艰苦的日子。或许他们也是很想跟爷爷开口的,但姑奶奶态度强硬。我忍不住想,若是大伯能在爷爷去杞县前先提出买车的要求,会不会现在一切都会有所不同?

那几年里爷爷心念着想改善河南家人的境遇,他甚至提出带大伯到台湾工作的计划,他想在台湾就算做个普通建筑工人,做个一两年寄钱回去,对家里条件也有很大改善。

大伯听了非常兴奋,当天去拍了证件照,把原先工作辞去,等入台手续办好后就在家中等爷爷的消息。

但没想到爷爷在台湾为了手续东奔西跑,错估了那个年代带亲戚到台湾工作有多么困难,尤其大伯不属于直系亲属,周旋许久最后落得两头空。在他晚年的笔记里记载着这份歉疚:"……这件事最后落得玉华在家中空等,实在可叹。"

虽然因为杞县的一趟经历,让爷爷对谈钱有些敏感,但实际上他一直惦记着回馈家乡,只是碍于前面已经拒绝,后面要明给有些尴尬,所以爷爷换了另一种方式,比如每次回家都留下一笔钱,支持孩子的补习教育费。

在家中整理信件时，翻出了二叔写给爷爷的信，信稿纸上头写着"天津轻工业学院"：

舅舅、舅妈：

　　你们好！

　　近来一切都好吧！前几天收到1353元钱，是舅舅让人寄的吧！真是太谢谢了。这个汇款单是从河北省廊坊市寄来的，但把信箱号码写错了，结果积压了这么长时间才转到我手里，一拿到汇款单，我还想是不是我的，后来打听才知就是我的。

　　舅舅，我来天津学习还是学造纸工艺，时间三年，学习生活较紧张，学习任务较难，不过好在我还能适应。今年我们还开设计算机课，我打算好好学，以后会有用的，现在大陆计算机正在普及，以后用途会更广泛。

　　我能出来学习是很不容易的事，特别是像我这样已有家小的人，所以我会更珍惜这几年时间，学好专业技术和计算机，以便以后更好地工作，更好地适应社会。

　　前段时间收到我爸来信，说今年家里一切都很好，请您勿念，我也很长时间没回家看妈妈了，很是想念，舅舅那时回来也没能见面，真是太遗憾了。

　　好了，就到此。

　　敬祝舅舅身体健康，万事如意，全家幸福快乐！

任玉祥

1996.12.3

爷爷对家里的支援大家心知肚明，河南亲人却也没有养成依赖，这不仅是因为姑奶奶严格禁止，我觉得也跟爷爷用一生的经历作为表率带来的影响有关。

二叔曾说："其实我感觉舅舅对我有个切身的教育，就是要有担当，要有责任，是自己的事就得自己担当起来。

"他给我的一种感觉，是没有什么事可以难倒人，永远要直面困难，只有你自己准备好了，你才有可能得到别人的帮助，一个人如果想站起来，就算是腿断了，手撑着也会扬起头；如果你不想站起来，别人给你拉着扶起来，你还会倒在地上。我感觉舅舅对我的教育意义，就是教我怎么站起来。

"你自己努力了，别人看见你努力了，他（别人）要是方便、有条件的话可以拉你一把，但别人帮你不是必须的。"

这样的信念深植于河南张家每个人心中，让他们有了心理独立的素质，从姑奶奶到几位叔叔的聊天里，我从未听过一句怨天尤人的话，他们经历过许多困难，谈论苦难以及苦难带给他们生活的意义，可没有过一丝自暴自弃或投机取巧的想法，那是爷爷留下最宝贵的精神遗产。

这些在后人身上的影响爷爷并不知道，但我想，那几年里他真正想要的还是让河南张家彻底富起来。在带大伯到台湾工作的尝试失败后，他对于姑奶奶的歉疚更深了，拼命想趁在世时弥补得多一些。

也许正是由于这份歉疚，他匆促地下了失误的判断，才有后续的"豫台餐巾纸厂建厂纪要"。

＊＊＊

时代一直进步着，河南张家的条件也明显改善。

在三门峡盘桓多日，因为老爸腰伤，我们住在市区中心的宾馆，每天早晨大伯开车来接，带我们造访陕州地坑院博物馆、函谷关，游览黄河周边。比起第一次我独自寻亲的记忆，这几年三门峡市区更加绿意盎然，黄河岸边都铺设了景观道路。大伯指着沿途花卉，说那些他也参与了。

"大伯真是身体好，看起来越来越年轻了。"我笑着用手肘戳戳老爸，"真希望老爸多学着点，别一天到晚窝在家，懒得出门锻炼。"

"那是在读书，谁叫你们学历都这么低，只好靠我提升一下水平。"老爸反驳。

"我就是闲不住，要是不起来走动会衰退得很快啊！现在我没什么压力，平常就干些工程之类的粗活，开车搬货，你表哥嫂子刚生孩子，都由我跟你大娘带着，日子很充实。"大伯爽朗地说。

"咱们家的人都是这样的，你看你爷爷，看他的笔迹多工整，笔记本里每条账目、每件事情都记得清清楚楚，丝毫不马虎。你姑奶奶也是呀，小时候我们常看她边织布边打瞌睡，都是走过很辛苦的日子挺过来的，那才是咱们的榜样，现在这时代已经太舒服了。"

河南乡亲是我见过最勤奋的一群人，他们不怕脏和累，不扯漂亮话，愿意脚踏实地做好每件小事，就像大伯即便年逾六十明明可以退休,却还是天天上工干活,就连请假来接待我们都还会有好几通电话找他帮忙,令人钦佩。

我们一行人开车来到三门峡大坝,这是这座城市的起源。

1960年,苏联撤出所有在中国支持的专家,其中就包括三门峡大坝的总工程师科洛略夫。当时三门峡大坝才刚进行了第一次蓄水,就连大坝主体都还未竣工,于是中央只能硬着头皮,招来当时全国最顶尖的水利工程师,接手原有的蓝图后又陆续花了几年将电机组安装完成,一步步试调,直到成就今天的"黄河第一坝"。

如今这个黄河上第一座综合大型水利枢纽,综合了防洪、防凌、供水、灌溉、发电等诸多功能,通过水库调节,对沿黄河城市的工农业用电有着巨大贡献。"黄河第一坝"的成功,也让其技术与经验被复制到中国多处水利设施,同时也是三门峡最出名的景点之一,每年两次的泄洪放水蔚为壮观,吸引无数人前来观看。

大坝上最有名的拍照打卡地标,是位于坝堤上的"一步跨两省",正是河南与山西的交界处。我们走到前面,老爸兴奋地要我帮他拍照,说要传给朋友看。

从上方眺望,黄河两岸耸起丘陵,稀疏散布着翠绿的农田景观,每年六月份到十月份是非汛期,二叔解释前阵子大坝才刚泄洪,让巨量的河水将泥沙带走避免淤积,原先河道上种植了少量的一获作物,让现在的黄河看来瘦弱许多,但仔细观察,依然可以察觉浑浊的河水流势凶猛。

"看到那块凸出的石头山没有?"二叔手指前方,我顺着看过去,见到黄沙滚滚的河流中央有块小山。

"传说那是以前大禹治水时,为了镇住黄河留下的石柱,从这边过去有没有发现河被分成三道?那分别就是神门、鬼门、人门,也就是今天三门峡地名的由来。礁石下方都是暗流,在还没有大坝的时候,古人只有最有经验的船夫才知道怎么渡过这段河流,走神门、鬼门都会翻覆,只有人门能活。"

二叔说那块石头山历经千年仍屹立不摇,"中流砥柱"的成语便是源自于此。老爸听得津津有味,又请教了许多细节,包括大坝怎么建成、对周边的影响等。二叔逐一回答。老爸赞赏地说他对历史了解得真清楚,有他在就好像导游跟随似的。

"那都是后来才知道的,因为刚好这边有朋友嘛,加上对自己生长的城市还是感到好奇,所以长大后一点点了解的。"

即便兄弟都出身农家,可相较大伯身上仍保留着军人稳健直爽的气质,二叔更像个温文儒雅的读书人,他目前在单位上班,两个女儿与妻子都在郑州,作为公务员他大多时间要在城里待着,但假日一定还会回到村里陪姑奶奶。

谈起二叔,大伯一脸骄傲,说他从小就爱学习,也非常听长辈的话。

以前农村里孩子发展任性,大人管不着也管不动,像是最令人操心的老三,有时跟朋友喝醉酒就躺在水沟边呼呼大睡。大伯回来后那几年都帮忙管教弟妹,有时讲不过也会动手,但二叔却是唯一适合念书的好苗子。

"我跟你说，你二叔第一年考大学没考上，在家里干了一年还是两年农活，最后还是想上学，想去补习，但咱们家里条件困难嘛，正好那时你爷爷回来了，觉得读书是好事，表态支持，你姑奶奶就心软了。你姑爷爷本来不同意，后来才妥协，说家里弟兄们多，你哥哥结婚了，你呢，我也给你说个媳妇，这样我任务也完成了，我就不管你了，自己发展自己的吧。

"后来就在咱们本村里说了门亲事，才让你二叔去上学，靠着关系去找了老师。那时候家里真的困难，但你这二叔特别有心，在补习班上学，人家一个星期吃饭花三十块钱，他十块钱就够了，非常省，吃的东西特别珍惜。他肯吃苦啊，咬着牙用功念书，刚进去的时候人家考试五十个人排四十几名，后来每次考试都往前进，最后考进中专，进单位，转成公务员了，那一下子可就好啦。"

二叔后来又到天津进修，再到驻马店工作，凭借踏实的表现屡屡晋升，领导非常赏识他，也是在那单位里谈了现在我的婶婶，把原先的亲事退了。

"关键是他有一点特别好，勤快。他是真勤快，你看在家里他老是帮你姑奶奶洗衣做饭，什么都肯干，你姑奶奶喜欢他就是这点，到现在我们其他几个人都做不到。我真做不到，我自认我是能做一些类似大方向的事，但是你二叔就能做这些琐碎的、细心的事，杯碗洗得干干净净。"

"但是农活就不行了？"

"他就不是干活的料啊，对他来说太辛苦了。"大伯哈哈笑道，

"你看他现在发展好，是单位干部了，我还是个农民，但是他在家里还是把我当大哥，多好的弟弟。"

参观完大坝，老爸还在跟二叔讨教各种问题，他注意到三门峡市区从路灯到桥边的雕花都有天鹅图案，很好奇。二叔解释，每年冬季会有大批天鹅飞越千里，从西伯利亚来到黄河湿地栖息过冬，引来不少生态学家跟赏鸟游客，这也是政府现在大力推广的观光资源，三门峡市又有"天鹅之城"的美称。

"会有人抓天鹅来吃吗？"我问。

"那是国家级保护动物，吃了不只要罚钱，还得进监狱的。"二叔大笑。

晚饭后，往事在深夜的客厅里渲染开来，大伯和二叔拿出相簿，边翻看边说明每张照片的情境，这张是在哪儿跟某个村干部合影，这张是某个表弟表妹三岁时在家门前拍的，自然这些照片都是出自爷爷的相机。

姑奶奶精神矍铄，尽管又添了些白发，但她依对许多细节记忆犹新。

我看向她的耳朵，当年一副金耳环弄丢了一只，姑奶奶请人重新打薄了再拆成双，此后再也没有取下，床边那只玩偶熊被呵护得非常好，丝毫感觉不出这是 1988 年的产物。

这趟回来，老爸一直想着要带什么礼物给河南亲戚，却不料他们接过高粱酒和茶叶很快摆到一边，不太在意是什么内容，将注意力都放在我们身上。离开前老爸却想到一个好主意，在电话跟两个姑姑简单商量后便决定了。

"姑奶奶，台湾的家人跟您问好喔！"我打开视频，接通后，台湾两位姑姑的脸出现在手机屏幕上，她们笑着跟姑奶奶还有各位亲戚打招呼，老爸则空出手将一个小盒从口袋取出。

"这是我们的一点心意。"那枚纯金耳环是下午我们在市区逛了许久买的，老爸拿出来给姑奶奶戴上，"我父亲当年回来时送您一副耳环，现在我们代表晚辈也再送您一副。"

姑奶奶高兴坏了，金闪闪的大耳环晃动着，大伯、姑姑与几个叔叔都连夸好看，说这一定要戴到村里多散几圈步，好向邻居显摆一番。见姑奶奶开心，老爸似乎也松了口气，露出微笑，这趟返乡探亲之旅算是圆满完成了。

张文学善于整理归类资料，今日依然可见其返乡足迹。

张文学返乡探亲,于黄河边洗手。拍摄于 20 世纪 90 年代。

张文学（右三）与河南乡亲们在窑洞内聚餐小酌，场面热闹。拍摄于20世纪90年代。

张文学在母亲杨氏的坟前烧纸钱祭拜,此墓碑是初次返乡时,张文学委托张应群新修,以水泥制成,上写着"慈母张门杨氏之陵墓"。拍摄于20世纪90年代。

地坑院前与家人们在院子里闲聊,是张文学一大乐事。拍摄于20世纪90年代。

第四部 汇流

晚年的爷爷在黑暗里编织他唯一会说的故事,可怜的小花翻山越岭,在街边乞讨,在冷雨中发抖入睡。可即便孙子愿意倾听,却也不可能理解背后的经历,那些战祸都离天真的童年太遥远了。

心脏病

午后一声雷响,炸醒了昏昏欲睡的纯琳,她从同学家的沙发上醒来,窗外乌云蔽日,以为已经天黑了,她惊恐地想到回家要被母亲大骂,赶忙起身穿鞋。

同学家位于合作新村,这里住的多半是军公教出身的外省家庭。小学六年级的纯琳成绩优异,常被同学父母邀请来玩,她向刚醒不久的玩伴匆匆道别,蹿出门口。雷雨前厚重的空气压得行人透不过气,纯琳心里奇怪,怎么路上没有行人?

穿过台中孔庙,再过几条巷子就到家里,她害怕被责骂,不自觉加快了脚步。

天色晦暗,雨滴落下,冰冷地打在她的肩头,这时整条巷子发出呜咽声,从各家留有一点缝隙的窗口传出痛哭、啜泣、哽噎等男女老少形形色色的哭声。雨水疯狂地击打周围的铁皮屋顶发出哀乐，纯琳的胸口被恐惧填满，慌张地用力踩过每一个水洼，顾不得被骂，打开铁门就往客厅冲去。

但一到客厅，她反而愣住了。灯未开，黑暗的客厅前坐着母亲的身影，仿佛没有听见她冲进门的声音，电视机开着，沙哑地说着什么内容，异常的是那画面没有任何色彩，黑白相间的人脸上嘴巴一开一阖，像是哑剧演员。

纯琳缓缓走到幸子身前，发现她失神地盯着电视，两行泪从脸庞不停滑落。

"妈？"纯琳吓坏了，几乎要哭出来。

"嗯，你回来了。"

"这是怎么回事？"见到母亲响应，张纯琳才稍感安心，又追问道。

"蒋公过世了。"

幸子悲恸地弯下腰。纯琳不明所以，在那时她还不理解蒋介石对台湾意味着什么，只因氛围使然，她同样感到非常悲伤。

那天起，电视黑白的画面又播放了很长一段日子，所有的娱乐节目都取消了。学校老师带学生默哀，笑声从社会上被瞬间抽走，纯琳震惊于原来一个人的死亡可以带来这么大的影响。

那段时间里她的脑海不断播放着一首歌，《蒋公纪念曲》，她在报纸上找到了乐谱，回家自主练习起来，由于会弹钢琴的人不多，而街头巷尾从公家单位到学校都有演奏《蒋公纪念曲》的需求，于是那段时间她成为炙手可热的钢琴小童星，赚得不少糖果零食分给弟妹吃。

那段时间里她一直没有见到父亲,张文学也没有休假回家,纯琳很担心父亲。

* * *

> 职调处服务以来,深受各级长官之爱护与教导,内心感德难忘。唯近年来,身体急剧转弱,平时血压高达 160/128mmHg,经常频尿还多失眠,右肾手术后好转,现左肾结石加重,腰酸无力。左腿开始肿胀,体力不堪负荷,中西药均曾试服,效微。
>
> 时自检讨,平时工作毫无绩效,拙材无能,内心惭愧之至,职学能欠佳,而发展潜力已达极限,身体亦应早日休养。恳请钧长体念下情,将职所请,转报上层准予退休。(附803总医院门诊记录书及心电图)谨呈。

1982年,湖口事件的影响逐渐淡去,张文学迈入中年,在全台辗转调任,经历几次慰留后,这年上头终于批准了他的退休申请。

这十几年间他在花莲联合保养厂工作稳定,写了无数信件给蒋纬国与各方长官,却都石沉大海,在看破了晋升无望后,他想反正有退休金,回台中也能照顾家庭,琢磨着退伍后可以开车送货,为此他早已备好货车驾驶执照,妻子听说了自己将卸任退伍,似乎有些沮丧,但张文学心里却感觉松了口气。

他将退休金一部分提领出来，购买了一辆白色福特轿车，作为给自己的退伍礼物。他非常珍惜这辆车，每周都要开到路边用清水擦过车身，洁白晶亮的烤漆在阳光下闪烁，引来巷子口不少孩子的好奇目光。

然而还没思考好后面的出路，就在退休前几天休假时，张文学到台中大雅乡去见老朋友，意外见到一张半生不熟的面孔，原来是儿时玩伴张忠贤，他们喜出望外，张忠贤便邀请他到家里叙旧。

三十多年前在国民党部队刚退来台时，张文学一众学生兵曾在大雅驻扎，闲暇时和附近居民交流。他们假日打乒乓球，在田野间骑单车遨游，与当地的孩子培养出深厚的感情，偶尔平日里张文学还为他们补习数学、理化等科目。当时张忠贤才初中的年纪，家里是地主背景，如今已经是几家公司的董事长。

张忠贤带他来到自家厂房，有几分得意地展示自家的产业，好像小时候有新玩具想炫耀的心理。他在大雅有木器工厂、制鞋工厂、银器工厂、机械厂等公司，听说了张文学即将退伍，正巧机械厂缺人管理，高兴地邀请他来厂里任职。

"张哥，不说客套话，你我认识这么多年，现在我工厂里正缺人，而你有担任领导的经验，又正好退休，这岂不是正好？"

机会来得突然，听昔日玩伴这么说，张文学惊喜与担忧的情绪交杂，他想了想，略微尴尬地说自己在部队多年，管理都是上头计划派下来的，但民间工厂要赚钱，怕是不能担当重任。

张忠贤轻松一笑，用手拍了拍他，不在意地说："没有关系，观察一个月大力改进就好！"

他接着按铃唤来秘书，让总经理召集各单位主管，四点半到会议室开会。不久后生产部、加工组、包装、试验、会计、检验、研发经理都到齐了，总经理对临时召集一脸疑惑，张忠贤拉着他到办公室外头简短交谈，回来后便确认了张文学的新职位，担任厂长。

退休手续办理完毕，隔天张文学便开着白色福特，到大雅元良机械工厂就职，面对顺利得不可思议的发展，他既感激又有些哭笑不得，就这么开启退伍后的下半生。

* * *

20 世纪 80 年代的台湾，街头巷尾流窜着一股躁动的氛围。

劳动密集型产业、加工出口区、十大建设奠定经济快速发展的基石，经济模式开始转变，许多企业与银行的民营化让大量资金涌入，中国台湾地区产值连年创下新高，与韩国、新加坡、中国香港地区被并称为"亚洲四小龙"，钱淹脚目的气氛使人们越加贪婪，非法赌博蔚为风潮，大家乐、六合彩等签赌让人一夕致富，也使人一夕破产。

当局放宽了管理标准，有线电视台的播送加上民间彩色电视机开始普及，流行文化随之走入大街小巷，年轻的学生拿起吉他写歌，叛逆的罗大佑唱起"台北不是我的家，我的家乡没有霓虹灯"，玉女形象的林慧萍每推出一张唱片就掀起风潮，台湾人沉浸在纸醉金迷的日子里大喜大悲，缤纷的岁月令人流连忘返，直到现在还有许多人回忆。那十年间是台湾的黄金年代。

张文学在这一片喧腾的社会氛围里退伍，顺利接下了元良厂长的工作，回到家中却没有迎来太多欢迎的掌声。

此时他的大女儿就读于台湾东海大学音乐系，身兼钢琴家教，儿子就读"国防管理学院"，小女儿正值高中的水漾年华，都有着令人骄傲的成绩，但张文学在缺席了他们几乎整个童年后回家，犹如在妻子与孩子长年磨合的相处中硬拉开一条缝隙。张文学感到有些恍惚，觉得不久前还在自己脚边乱跑的小孩，突然个头就比自己高了，望向他时，脸上有着生疏与尴尬的表情。

作为父亲，他能做些什么呢？

孩子已经过了能问候课业的年纪，感情生活他不知从何谈起，就连兴趣，张文学也不知道自己的儿女喜欢什么，爱吃什么，不吃什么。

甚至连妻子幸子，张文学都感觉到一层若有若无的隔阂，有时他在客厅盯着电视，感觉自己像一名走错家门的外人，好像自己打破了某种不可言说的平衡。他搬到地下室，为自己与家人之间留出相处的缓冲地带，这才感觉舒坦许多，那么多年的军旅生涯让他早已习惯伴着孤独入眠。

每天早上，张文学开车到元良机械厂上班，傍晚再带着一身狼狈回家。

作为一名空降的厂长难免有人眼红，张文学心里早有准备，在军中这类人情世故他早已看惯，尤其总经理是董事长的小舅子，对自己下头突然被安插了人事，多少感到不满。起初按下强硬的个性与张文学合作，但心底的不满却是日益累积。张文学虽然多少感觉异样，但刚转入民间企业，仍无法放下自己曾任军官的姿态，加上又是董事长钦点他来担任厂长，久而久之不免爆发冲突。

张文学职位挂着厂长，可实际上不过是带领工人干活的高级职工。当时有许多外省老兵退伍，他发挥自己曾在兵工厂的经验，带头修理机具、润滑保养、检查不同零件的耗损，他不介意自己的工作低微，只是在对外时，还是更喜欢以厂长的头衔自称，那仿佛是为保有曾身为蒋纬国侍从官的一点骄傲，是区分他与其他退伍老兵的界线。对张文学来说，那是自己非常珍惜的、仅有的尊严。

幸子却不这么认为，她讨厌张文学每天回家时，衣服上难以洗去的刺鼻油污与两手漆黑，她宁愿丈夫鲜少回家却身着体面的军装，所以当孩子们讨论起父亲厂长的工作究竟在做什么时，幸子低头啐一声，埋怨地说："什么厂长，不就是个做工的？"

她觉得自己的丈夫回到家后像个陌生男子，十几年来张文学在外头，她在家中省吃俭用，几乎一手将孩子抚养成人。张文学每次回家就指手画脚，甚至连退伍都不和她沟通一声，自己下了决定，现在从军官沦落成机械厂工人，还敢四处宣扬自己是厂长，脸都要在邻里间给丢光了。

在搬回台中后距离拉近，与家人间的摩擦次数逐渐频繁起来，幸子觉得没面子，张文学也气恼幸子不谅解，几次当着孩子的面前吵架，孩子面面相觑，尴尬得不知如何是好。他们从小便缺乏父母冲突的经验，于是在长大以后只能选择沉默以对。

但无论在公司的工作内容和地位如何，张忠贤没有忘记曾经的情谊，仍不时邀请张文学到处应酬，张文学乐于接受这种排场，带着妻子出席时似乎也缓和了家里的隔阂。

这家公司运行三年后，有次张忠贤招待张文学到府上晚餐，饭局时张忠贤意有所指，对他说公司运作一段时间，出货亦多，但却没有赚钱，请他多想想办法。张文学明白了，他早已听说董事长儿子台湾海洋大学毕业，将到公司接任主管，他的女儿台北师范大学外文系毕业，到公司接出纳兼库管，原先的总经理已经辞职，自己也是时候该交棒给下一代的年轻人了。

张文学花了几天时间，带着张忠贤的孩子熟悉厂房，详细告诉他们厂房工作的要点，之后他来到董事长办公室前主动请辞，张文学以军人的礼仪敬礼，说："董事长，我的任务完成了，我要回家！"

* * *

爷爷从元良机械厂厂长卸职，又陆续做了几份如保安之类的工作，孩子们纷纷成家，姑姑结婚后给他带来长孙女的陪伴，而两岸开放交流之后，他也与河南乡亲重新联系上，每年必定要拨空回乡探亲。

再后来，我出生了。

我已经记不得自己是从何认识爷爷，好像从我出生起他便存在，像是一种自然规律似的存在。那时的爷爷顶上稀薄，但每天依然细心梳理他那仅剩的几根头发，即便在家中也穿着白色短衬衣与西装裤，腰系黑色素面皮带。自有记忆起，我便喊他爷爷。

我出生的那天，老爸从"国防管理学院"毕业，仍在澎湖服役未能回来。妈妈在医院里，在外婆的照护下告知亲戚朋友们，爷爷与奶奶赶到医院，看着仍在襁褓中的我欣喜不已，对于老一辈的人来说，长孙的意义格外重大。

走过半个世纪颠沛流离的日子来到台湾，爷爷在一段不稳定的时期中建立自己的家族，如今家族来到第三代，他怀抱着我万分感激，同时也感到自己真的老了，新的生命犹如一道曙光，扫光过去所有的阴霾，那些被拆散的、被冤枉的、被误解的历史，此时似乎都可以既往不咎。

随着家族更多第三代成员的到来，家庭原有的隔阂与裂缝被孩子的哇哇哭声填满。白天爸妈将孩子放在家里或幼儿园，爷爷奶奶两人合力照料，傍晚爸妈回来，一家人在饭桌前吃饭，边聊着今天谁将玩具放进嘴里被骂了，谁又撞到头哭得凄厉。老爸给爷爷买了相机，鼓励他重拾起以前新闻拍摄的兴趣。爷爷最喜欢带着我和表姐一起到附近的"中山公园"玩沙，他让我们并排坐在公园湖心亭边的石头动物雕塑上，拍了好多张照片，再带我们去吃麦当劳，那是他心目中能给我们最好的餐厅了。

老爸与两位姑姑讶异地发觉，自己的父亲在用一种他们所不认识的方式来表达爱。在小时候，爷爷被五个孙儿孙女包围，会从外头买回馒头，切成薄片煎成金黄色，蘸上草莓果酱、肉松夹在一起给我们吃，偶尔吃多了还会被奶奶骂，说给孩子吃那么多垃圾食物，晚点吃不下饭怎么办。这种独特的点心是我们父辈未曾见过的，老爸说以前没见过，大姑姑则说他们小时候哪来的草莓果酱，那几乎是奢侈品。

我们的冰箱里塞满汽水，黑松沙士、维他露、苹果西打，饭后孩子们获准可以喝一杯饮料。我们喝完维他露，吐出黄黄的舌头做鬼脸，之后才被各自的父母接回家做作业。

有次爷爷和老爸在客厅看我玩累了，躺在沙发上安静睡着。突然爷爷说："他跟你小时候真像。"

老爸有些错愕，又有点不好意思，那时他们似乎透过眼前的孩子，重新拾起父子相处的童年记忆。

可这一切的和谐是有代价的。就在我出生那年的年底，死亡的阴影便已笼罩在爷爷的身边。

尊敬的舅舅及舅妈：

你们好，弟妹们及全家人都好！您来的第一封信说有病，我们都不相信，因为舅舅的身体平日很好，要玉华去照理，我以为是找个借口想让他去工作，没想到第二次来信，说舅舅真的病了，我们全家人心里非常难受。

昨天玉华回来，说一家人都很担心舅舅的病情，特别是妈妈，她每想起您就拿着信，泪流满面，看着妈妈的样子，我们心里更是难受。

我们知道舅舅的病情后，玉华一直闷闷不乐，心情烦躁，常常叹气，有时悄悄地流泪。我知道他是为舅舅的病情担心，我又何尝不是呢？我们只能互相安慰，说舅舅会平安无事的，一定会好的。

特别是前几天，邮局发信退回，这是由于邮局业务不精，算错了邮费而造成白白浪费了五六天，他非常生气，还跟邮局吵了几句，信发走了之后情绪更加烦躁，睡了一夜，早上起来嘴都急烂了。

我没有办法，只有等手续办好，快点赶到舅舅的身旁照顾舅舅，他才能安心。今天已是元月十一号，手术已经做了吧？舅舅的身体怎样？吃饭还行吧？多吃点有营养、好消化的食品。我们不能照理您老人家，只有辛苦舅妈和弟妹们照理。

我心里难受极了，舅舅是个好人，好人会一生平安的，我相信手术一定会很成功，因为那里的医生好，再说舅舅的身体平时很好，所以手术一定会成功的。舅舅您要多保重身体，别多想事，好好养病，手续办好后就让玉华快点去照料舅舅，看望舅舅，我的心会随他而走。

别的不多说了，您多多保重，多多保重！

娅琴 敬上

1994年12月10日，发病当天下午，爷爷在家里整理纱窗的皱褶，突然一阵剧烈的酸痛从胸口与背部传来，他头脑发晕，坐下来缓了口气，稍微休息后到附近的医院取药，但服药后疼痛依然没有消失，反而变得更加清晰。晚上他又骑车到国军台中总医院挂急诊，急诊主任为他抽血检验，二十分钟后报告出炉，被告知将转院就诊。爷爷回到十甲路家中，满头冷汗直流，呼吸之间有如铅块般沉重，眼前一片漆黑。

　　据老妈回忆，这时她刚好回到家中，察觉爷爷的状况不对劲，赶忙带他前往急诊，等到了急诊室她匆匆去办手续，回来时医院门前一片混乱，爷爷已经倒在车外，失去意识。

　　急诊室经过初步病情询问，打了一剂强心针，送入仪器室扫描、摄影，证明急性心肌梗死无误，就把我送入加护病房。那时我已呈半昏迷状态，记得左右有六位护士、两位医生，最后主任又来，大家各自操作机器，如同救火似的，只微弱听到医师会诊说明，来得太晚了，两个大动脉血液都在倒流，血脂酸已有逐渐凝固现象。主任签了字，用另外一组急救药注射试试看。我已无声昏迷，护理部连传电话发布病危通知给家人。

　　家人陆陆续续地都来了，加护病房每次只有两人，进入要无菌衣服，我似感觉有人在看我，但我就是无力动手及张开眼睛，杨幸子来看我的时候紧紧握着我的右手，我的眼睛居然睁开两秒钟，她说：医生！他醒来了！

> 这时我身上贴满各式电线，又插了氧气管、心律仪之类的设备，总之要把人救起来，并做显像全程录像。内心这时糊里糊涂，脑中一片空白，只感觉家人的来访，以及那些我永感激不尽的医生护士们敬业救人的执着，更体会到医疗的设计与规程的完善。最后我在加护病房住了三天，转入普通病房。
>
> ——《鲜烟咸雨》

爷爷在心脏内科418号病房中醒来，望着浅白色天花板，知道自己还活着，手脚却动弹不得。他听见儿女在病房外与主治医师讨论着病情，医师说这段时间让他有充分的营养补充与心理准备，将安排两周后的心导管手术。

奶奶走进病房，一如既往没有多说话。

她不再和爷爷吵架了，沾湿了毛巾替爷爷抹了抹额头，起身倒热水又收拾垃圾，没有一刻闲着。几天后小姑在从与对面城隍庙的几个婆婆聊八卦时听到，说那个幸子，竟然会求城隍爷让她折寿十年救自己老公。

小姑哭红了眼眶，大姑脸色发白，她们陪着母亲走进病房，告知了接下来的安排。比起家人的焦虑不安，爷爷却是出乎意料的平静，还笑着安慰他们，自己见过太多的生死。

听说了消息，老爸从澎湖连夜赶回来，陪伴爷爷做心导管手术。爷爷全身包扎，下半身麻醉，医师在右大腿鼠蹊部大动脉上开了一个洞，从动脉血管中穿透探条，直到心脏左右冠状动脉。

他意识蒙眬地躺在病床上，听到医护人员用英文沟通，心想医学真是有如魔术，竟然用一根钢丝能直接通到心脏，两个小时内换了三组医生，手术顺利结束。

在陪伴室里，老爸比爷爷还紧张，见到手术成功后急切地迎上去。医师说前哨战总算完毕，再来就是真正的大手术了。

"有四条动脉血管要换，还有心脏手术，都得一次做完。"主刀医师解释。

老爸送爷爷入病房休息，他右大腿伤口处压了三个各有两公斤重的沙包，医师叮嘱要六个小时不可翻身。爷爷看着儿子在病房陪自己，心里突然有些歉意，默然无语，他觉得孩子一定会联想到自己心脏手术失败的后果，这种滋味只有亲生儿子才能体会，怪自己生病连累家人。而老爸什么也没说，只是静静地陪在爷爷身边。

圣诞节的那天，东海大学圣歌组来病房中唱歌祝平安，场面温馨感人，爷爷想起小时候在杞县教堂里的那名大胡子意大利神父，心情轻松地哼起一首拉丁圣歌，让圣歌组的人惊喜不已，连连鼓掌说安可。爷爷哈哈一笑，说自己也算半个天主教徒啦。

新年元月五号，一切准备就绪，动刀前晚，我和表姐在爸妈的怀里来到病房，爷爷心情很平静，看着还在襁褓中的孙子，心想就将命运交到小孙儿手中吧。

他早已将遗书准备妥当，前几天也已写信给妹妹秀兰，告诉她不必惊慌，医师说成功概率很高，但无疑会是个艰苦而漫长的过程。早晨七点,麻醉让他很快失去意识,手术台上医师将他的胸腔切开,鲜血涌出。

黑暗笼罩一切,当他再次醒来时,已经是在加护病房躺了两天之后。

见爷爷醒了,所有家人都围到身边,奶奶一言不发地紧紧握住他的手,点滴的输液管在手臂传来发麻的感觉,他口干舌燥,发现自己没法说话,护士走进来检查手术创口,拉开病服,一道巨大如黑色毛虫的伤痕从胸口蔓延到左大腿、膝盖处。

爷爷又一次活下来了,但也从那时开始,死神开始回收他最后的时间。

豫台餐巾纸厂建厂纪要

　　河南家人居住的这处四合院曾是造纸厂，大门前便是村委会，位于村子主街道的正中心，四合院左厢房被打通，用来放些农具或作为车库。我走进厢房，抬头看见梁底墨迹写着"公元一九八〇年四月四日重王大队全体干群扶柱上梁永吉"，造纸厂的前身是村里几户旧房。

　　正厅的位置被改建成姑奶奶的起居室与厨房、客房，后边则有间房间曾被改造为村里的棋牌室，以前许多乡亲会在里头聚会、玩牌，其余的厢房都已废弃，透过碎掉的满是灰尘的玻璃往里头看，仅存的造纸机器与几卷纸巾还安静地在角落沉睡着。

　　张家经过几次搬迁，从杞县到灵宝、柿树沟、重王村，又从窑洞搬到如今的现代化住宅。如今居住在造纸厂的只有姑奶奶一人，除了二叔之外，其他大伯等兄弟在附近步行一分钟的地方建起自己的两层楼房，方便照料老人家。

夏日院子里的核桃树果实累累，树荫下的影子随风飘动，二叔伸手摘了几个青绿核桃，搬了张板凳坐在厨房前的小灶旁，他熟练地用刀撬开坚硬的外皮，取出里面的果仁递给老爸，说果仁的黄色外皮得剥掉，不然会有涩味。

"没吃过这种新鲜的核桃。"老爸说。

"是嘛，吃得惯吗？"二叔说。

"还是烘焙过的好吃些。"

"我倒是觉得新鲜的好吃，只有在村里才吃得到，以前小时候没有零食，咱村里的孩子嘴馋都会捡核桃剥开来吃。"二叔边笑着边递给我另一颗剥好的果仁，白玉般的新鲜核桃尝起来有种清香。

"二叔，怎么没想带着姑奶奶到城里去呢？"我好奇地问。

他无奈地笑说："当然想过，但你姑奶奶不愿意搬啊。"

"现在她身体不好，我说过几次去城里跟我住，去医院什么的也方便些，但她就喜欢农村的氛围，这里有她的朋友和熟悉的事物，说城市步调太快，容易感到紧张，所以就一直没搬过。"

姑奶奶住在院子里显得很自在，这几年返乡，我注意到客厅与起居室虽没有太大变化，但多了暖气跟空调，管线从破旧的墙边穿进，电视换成液晶屏幕，一年比一年舒适。姑奶奶说这些沙发、床板、木桌都是后来才搬来，原先这里就是厂房，在破产后作为张家的财产判给姑奶奶，这或许是如今爷爷在村里唯一留下的遗产了。

"以前你爷爷想投资这厂，我跟你姑爷是不同意的。"姑奶奶摇头。

说起造纸厂的来历，她在身边的嫁妆木箱子翻找半天，拿出一份老旧的文件夹，上面标题是用手写的"豫台餐巾纸厂建厂纪要"，一看便是爷爷的笔迹，翻开来里面有他自己写的编目，包含委托书、建厂说明书、归还股协议等，纸张用的是灵宝县大王乡人民政府稿纸，姑奶奶惋惜地抚摸着信纸，漾起睹物思人的惆怅。

＊　＊　＊

我从1988年12月返乡探亲之后，不但见到了我的亲人，地方政要热络而亲切，让我感觉又多了一层爱的加护。我每次回到台湾家中也畅述这些事情，那么为什么没有带家人回故乡看一下呢？还是因故乡的一切生活条件相差太大，不适合他们这些在台湾享受惯了的人，再说那为什么不带着大陆的亲人到台湾玩一下呢？这个答复又简单了，怕他们又不习惯台湾的生活，同时台湾人又不太容易相处，比起相处一段时间弄得心结重重，还是不在一起为好。

但我总想要引进一两个外甥，即便做上一段时间苦工，能挣得上几万块钱回家也是很理想的，可是除非三等亲以内否则进不来，我以前有了这个消息却没调查清楚，害得玉华连工作都不做了，每天只等着前往台湾的消息。

他们不能去而我还是照样地回来，那些亲友政要们对我的感情永未减弱,其中一例就是黄村生镇长召集有关人员,向我说明发展乡村企业这回事,本来只是争取我的意见,而我却是有一颗热爱家乡的心,想在两岸交流期间能为国家贡献一己之力,是蛮有意义的。于是我返台后实时于1994年9月17日,汇予镇政府黄村生镇长四十万台币,他转交给重王村书记李向阳采购机器,并命名为豫台餐巾纸厂。

——《鲜烟咸雨》

酒席间村干部们频频向张文学敬酒,让他有些飘飘然,村主任首先感谢他的慷慨,并说在这么多年后能找回家人是多么珍贵的缘分,证明了血亲冥冥中的护佑。张文学兴致高昂,激动地讲起当年在开封高中被带走,以及在台湾多年的苦楚,听得众人又是点头又是叹息,纷纷举杯致意。

"咱村现在已经有两家投资建设的工厂在酝酿,一家面粉厂,一家颜料厂。"黄村生拿出一份说明书,上面明列餐巾纸厂的可行性,这设备厂商还标榜技术由台湾引进。

"操作灵活方便,可就地安装,生产效率高,低成本且美观,对咱村里不产生污染,又能增进就业。一举多得的美事!"李向阳举杯大笑。

两人搭唱像是排练多时,没有留下任何空隙,但秀兰与应群在一旁,脸上写满忧虑。改革开放后各地积极生产,乡村阮囊羞涩,台湾乡亲有钱,是投资建设最好的人选,他们知道村干部想拉张文学投资，但村里干部运作多年，他们知道那会是什么样的后果。

李向阳接着将企划书再往后翻，讲起各种餐巾纸规格，包含了成本多少钱、生产量如何，最后用简洁有力的话语作出结论："一年即可建设完成，两年回本，三年获利！"

张文学喝得头晕目眩，还未答话，黄村生又拿起小酒杯斟满，堆到他面前，说："张先生，我们都很尊敬您，祖国正处于发展阶段，咱们这样的小地方您却每年回来，可以看出您对家乡、乡亲是有很深的情感的，这个机会咱们也不勉强，您评估看看。"

秀兰将哥哥拉到身边，趁他还没喝到不省人事前先行告辞。回到家中等张文学稍微清醒后，张秀兰与张应群极力劝阻，让他想清楚后果，千万别犯糊涂。

可张文学却被投资的计划深深吸引住。

自他第一次返乡以来，每当看见家人住在窑洞，想起妹妹吃苦多年便心疼不已，他在亲人间花钱绝不手软，只是在杞县被当面索要的经历太让人气愤，张秀兰从此定下规矩不准孩子向舅舅谈钱，张文学才辗转以支持教育、过节、结婚、建房等理由塞钱给张秀兰。

夜晚他翻着企划书，思忖着自己一辈子没做过生意，但大陆经济蓄势待发，这些年也听说过不少台商在深圳、昆山建厂致富的消息。他已是快七十岁的老人，赚钱与否都轮不到他花用，可若造纸厂成功，对张家来说是笔连绵不绝的财富，张家在村里的地位与声望也能随之提升，自己过身后也就不用担心家事了。

这是张家唯一能翻身的机会。

盘算了几晚，张文学唤来妹妹和妹婿，告诉两人自己心意已决，决定参与投资造纸厂。他在日后的笔记中写道："我既然要为乡村尽一分力量，就只能谈贡献，不能讲利润。如果赚了钱我就做公益，要是我要将赚到的钱，再带回台湾，那我就不是人了。"

张文学回到台湾，着手安排投资事宜。那时儿子新婚，女儿刚有了孙女，十甲路房屋才翻修完毕，户头里剩余的二十多万台币是张文学仅剩的财产，他又和几个朋友借钱，合凑到四十万全部提领出来，汇往河南三门峡。

应群毕竟在政府单位做过事，张文学便委托他为代理人，为他在城镇之间打点各类手续。半年后重王村豫台餐巾纸厂成立，正式开始运作。

剪彩那天是重王村的大日子，鞭炮从村头一路炸到村尾。风和日丽的上午，许多乡村镇代表都前来，镇长黄村生和书记李向阳咧嘴笑着，握着张文学的手剪彩开张，他们说今天开启的，不仅是张家人的事业，还是两岸乡亲的事业。

张文学的心情大好，笑容灿烂，还拉上妹婿接受了几名记者采访，他想，这是自己能为家里做的最后一件事了。

* * *

哥哥、嫂嫂、孩子们：

　　你们好。

　　这几天由于秋收秋种，没有及时给您老人家去信，望见谅，在这段时间内不知您老人家的病情恢复得怎么样？大陆一家人都怀念在心，不知您是否到医院检查，并且吃饭饮食怎么样？身体恢复怎么样？盼在回信中详细说明之。

　　再说说大陆家庭情况，在前一段时间内老四玉林回家探亲一次，在家待了多天，老二玉祥带着女孩也回家，老三玉强生了个男孩，现已有两个多月了。老四玉林在家这几天中，和本村一位姑娘订婚，大家欢聚一堂热热闹闹，现在已各自回到原来的岗位，一切均好，哥哥勿念。

　　另外就是家乡的气候，夏季由于干旱严重，地下水位下降，五六十米的机井抽不上水，秋庄稼不能浇水而干枯死，大大减产。这是今年秋季的情况。

　　造纸厂简况。造纸机的安装、车间都准备好，准备投产，厂里共盖机房七间，厂房六间，买的造纸机安装工费、造房料和工人工资还未结算。

　　当前从市场销路来看，卫生纸销售较快，餐巾纸由于社会生活水平还达不到，宾馆、大酒店少，用量少，因而销路少，只能生产卫生纸，看市场情况而定。李向阳要问餐巾纸能不能销到台湾？质量是可以，价钱不知怎样，和台币换算能多少钱？盼在回信中说明之。现寄去样品供哥哥参考，要说的话先到这边，下次再谈吧！

应群
1996 年 4 月 18 日

哥哥、嫂嫂、孩子们：

你们好。

上次去信，不见回信，心中甚念，不知哥哥的身体状况怎样，大陆一家人都常常挂在心上，特别是秀兰常常念叨，希望哥哥接信后给回信说明。

大陆的家也还是老样子，望哥哥勿念。

关于纸巾厂的事，您老人家给厂里投资四十万台币，并寄来了委托书，要我全权处理财务、贸易的业务，但实际情况并非这样。关于财务他们不叫我知道，也不算账，更谈不到纸巾厂户头了。

我多次要求算账，并把你来信给他看了，要求黄村生给你回信，他从不搭理，我去年在厂里干了一年，工资未曾处理，说我代表股份，才不给处理，所以今年我让孩子都退出了纸厂。

从当前情况来看，做卫生纸效益也可以，餐巾纸销路不佳，从村里的经济情况来看，贷款太多，花销太大，影响经济。李向阳又为自己盖了栋房，买了大哥大，又买了一辆小汽车，两个学生上大学花钱，两个女孩又结了婚，光婚礼就花去约两万，现在又议论着两岸关系稍有恶化之言，我看有要吃掉你这投资款的意思。

当前状况看，我的意思是，你这些投资是你倾家的钱，协议书上李向阳讲亏村不亏客，半年造厂，半年拿回成本，看样子是一句空话。

哥哥如果把这些钱存入银行，每年也要有两万元利息，比起来合办纸厂合算多了。这些详细情况，等你回来后再详细说吧。

应群

1996 年 10 月 24 日

几封姑爷写来的信语气越来越不乐观，看来造纸厂成立后，一切发展小有基础，但分红却始终没到张家手上，每次询问村里干部都有各种理由搪塞。

姑奶奶说实际上造纸厂始终处于消极运转的状态，买了几台机器，雇用村里人包装、运送，但欠缺现代经营手段，管理者又依循计划经济模式进行生产，没有考虑销售等问题的情况下，造纸厂的失败似乎早在意料之中。

河南家人们提起往事依然怨愤，说这显然都在胡搞，每次问起对方都搬出一堆托词。村里根本没人懂经营，爷爷的钱就这么白扔进水里了。

"后来你爷爷想要退股，但根本没人理会，几次下来咱们家跟他们（村书记）便有些不愉快，吵过好几次架。"

"还用想？那肯定是让李向阳贪污走了！"大伯生气地说。

最开始几年里，纸巾厂还会写信汇报进度，说明未来规划，乍看之下井井有条，但等到所有设备购齐、爷爷所有投资金额到位之后，情况开始恶化。

没有获利和分红，就连造纸厂运作会议都不许参与，眼看情况跟预期相差甚远，爷爷开始着急了。他写信要求说明原因却没有得到解答，退股的要求不断被无视，他拖着在心脏手术后缓慢恢复的身体返乡，黄村生和李向阳却总"恰好"出差。他知道两人避而不见，气得写信给灵宝市政府与台湾办事处陈情，在信中他表示自己年已七十，不求功名利禄，只希望自己对家乡的一份回馈能得到善意的解决，请政府介入协调。

涉及两岸同胞情谊的事件得到了政府的回应，上级派专人查办此事。

终于，村里干部们不甘愿地回到谈判桌前，但造纸厂亏钱是事实，他们双手一摊，表示实在没钱可还，闪躲多年的李向阳这时已卸下书记多年，而镇长黄村生早已调往外地。

村里干部带爷爷到即将整改的村里，说这几栋房，要不你挑一块做赔偿吧。爷爷跟姑爷等人走进去，看见上方的木梁已经腐烂，墙角蚁窝蛀蚀，破烂的房舍曾被村人当作圈养鸡鸭的地方，弥漫着一股臭味，就算要整修入住都得费许多功夫。

爷爷难过极了，走出去跟姑奶奶说："这种房子不要也罢，算了吧。"

他心灰意冷，但姑爷不屈不挠，又周旋许久，最后才终于跟村里商定将造纸厂现有产权判回给爷爷，自此由张家所有。他将协商结果写信告知爷爷：

以下为统计结果：机房两间，南北 19.5 米，东西 22.3 米，折

440平方米……其他包括全部卫生纸全部生产设备在内。王书记还建议我在纸厂后面办个浴池，供全村村民洗澡，办点有利于民心的福利事业。我回答我没有资金，王书记说锅炉有，机井和水利设施已具备，机房南边盖几间平房即可，之后再说吧。

总之这些设备财产，都是哥哥您老人家的，如何利用还要听哥哥您老人家意见，因为这是您的财产，所以我和秀兰等候哥哥您的回音，我和秀兰一切照办。最后关于造纸厂合同，寄复印件、司法公证合同书一份，给哥哥参考。

妹夫 应群

姑爷将赔偿条件与对于纸巾厂财产的清算内容，写成详细的书信寄给爷爷，但爷爷早已疲惫不堪，签了协议，不愿再去多想这回事。

在那之后，姑奶与姑爷将造纸厂房改建成居所，搬出窑洞，在孩子们都成家立业后两人仍住在里头，仿佛要强调张家所有权似的，一住便到今日。

《鲜烟咸雨》写成于1999年，距离纸巾厂的判决还有将近十年之久，爷爷没有多谈与黄李之间的争议，只写在最后写着："如果今天大家走向法院申诉会里处理，那成两败俱伤，我仍然还在遵循管道解决，不然就会失去我原有投资之美意。"

他是那么渴望家乡能富裕起来。

厂房停运多年后，三门峡下过几场暴雨，将右厢房淋塌了，造纸机锈迹斑斑，像是被抛弃在路边的死兽，一卷卷纸巾从制作好的那时起就注定被遗忘，堆在房屋角落，反复淋湿、晒干后变成土黄色。爷爷返乡时曾走进那厢房，抚摸过那些没有温度的躯体，那曾寄予了他盼张家翻身的希望，是他拿半生的积蓄换来的筹码，他应该愤怒，但实际上他太老了，老到已经没有多余的力气去怨恨。

客房前有处小厅，上面摆着曾祖父母的画像与姑爷的照片。如今在我和老爸回来后，也将爷爷的遗照放了上去，我朝他们拜了三拜，想如果不是姑爷的努力，或许现在造纸厂就只是纯粹的废墟了，又感觉造化弄人，若是爷爷早知道建造纸厂会赔光，会不会觉得不如给大伯买辆巴士车开呢？

"他终究不是能留住功名的人，到头来仍是一场空。"老爸感叹道，说自己有印象，爷爷当年问他有一笔钱要汇往大陆该怎么操作，后来才知道他要投资厂房，独断的决定让奶奶跟他大吵一架，幸好当时家里没有急需用钱，原来这里就是爷爷投资的造纸厂。

姑奶奶听老爸这么说，拿着那本《豫台纸巾厂建厂纪要》，翻开决议那页，指出协议上的一行字。爷爷的字迹清楚地写着：本人长子可继承。老爸吓了一跳，说自己从来不知道这件事，我细看了下，还指出爷爷写着本协议将交予本人长子副本留存，但他却是一点印象都没有。

"我现在就当给你保管，随时都可以回来住。"姑奶奶认真地说。

老爸笑着摆摆手,说:"这其实是我父亲留给您的房子,我怎么好意思拿?"

张文学以投资人身份,应邀参加农业科技交流大会及在外乡亲联谊会,受当地电视台采访,与记者、与会者合影。拍摄于1994年,于河南省三门峡市大王镇。

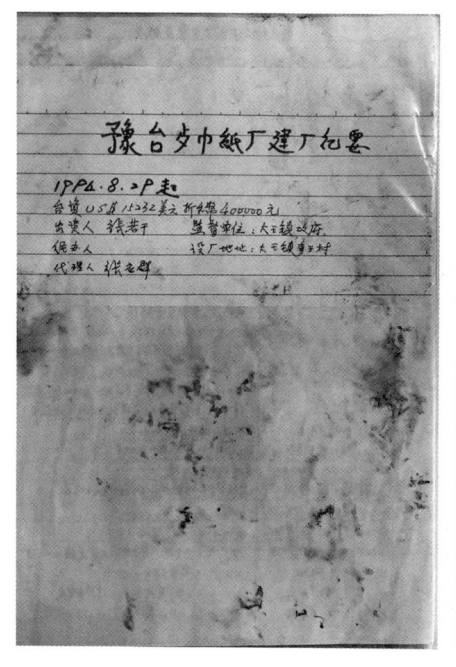

《豫台纸巾厂建厂纪要》记录自 1994 年 8 月 29 日，详细展示了投资造纸厂经过，包含方案、费用、争议以及解决过程，最后此文件留于三门峡重王村家中。

豫台纸巾厂现况。一部分改建为住处，秀兰等人已在此居住多年。作者拍摄于 2022 年，河南省三门峡市重王村。

豫台纸巾厂现况。在厂房停业后生产机具已清出，房间用于堆放农具、废弃物，角落仍留着当年生产的纸巾。作者拍摄于 2022 年，于河南省三门峡市重王村。

迟暮之年

目前的荣民最年轻者也已七十岁以上了，存活的现在不到十万，其中单身者仍有一半，当局在市中心建屋安置老荣民。

自"二二八"事件之后，对军人有好感的人已不多了，当局在四十五年来实施爱民助民教育，通过实际行动，才又获得了好感，诸如公买公卖、助民割稻、清扫马路水沟、助贫脱困、不接受招待颇获好评，加之后来开放军民结婚之效更加密切了，形成"军爱民、民敬军"的美誉。

现在我们都老了，缺乏新思潮，可至少观念相当正确，不论社会再乱，老荣民都是欲言又止、心中有数，故年轻的一辈时常想起荣民以前付出的血汗，对荣民都是百分的尊敬，老荣民在他们一声亲切的伯伯称呼下就觉得身心温暖甚多。

大概老一辈的荣民都快凋零了，我身处异乡的台湾小岛上已经五十三年，从艰苦中经历社会的改变，街坊中的老荣民脸上刻了岁月的皱纹，身上穿着整洁不华的服装，脚上一双军中的旧皮鞋，是小吃店里的常客，这些人都是流血流汗为台湾地区不计牺牲默默贡献的荣民。

——《鲜烟咸雨》

张文学坐在台中公园的长凳上，眼前几只麻雀绕着老榕树飞行，啄食沙地上的面包碎屑，不久后路边一辆货车经过马路时差点撞到一名老妇，司机怒地猛力按了喇叭，麻雀受到惊吓，拍拍翅膀向蓝天飞去。

张文学心想，这里是哪里？

眼前的景物很熟悉，他依稀知道这是自己寻常散步的路径，大楼、树影和道路被拆解成一块块几何形状，红蓝白绿黄，像是小时候他和妹妹买不起的积木玩具，转头可以看见位处整座公园中央的湖心亭，再过去的灰砖石板路是每年元宵灯会的主场地。张文学试图将这些线索在脑中组装，积木却颠三倒四，卡不到一处。有个男人经过自动贩卖机，见到他便笑着挥了挥手，他也笑着回应，可心里纳闷着这人是谁，为什么跟我打招呼呢？

他已经坐在这里一个多小时，却怎么也想不起回家的路。

脑中有什么卡榫松了，直到绚烂的晚霞从公园门口缓缓浮现，才像是一个巨大的提示般，让张文学往十甲路的方向走。

他到地下室取出一张黄色小纸卡，写下自己的名字、地址、家中电话,加上一句:"我可能走失了,请带我到警察局!"他曾看电视新闻报道,说这样可以防止老人走失,这得趁清醒时记下来,放进胸前口袋。

后来张文学跟大女儿提起这件事,说他在台中公园坐了一小时,想不起该怎么回家。那是纯琳第一次怀疑自己的父亲有罹患失智症的可能。

* * *

爷爷的衰老,是从他退伍回家那一刻开始的,他卸下的不单是那件墨绿军装。

尤其心脏手术后,那衰老的痕迹逐年清晰,爷爷没办法再慢跑,只能做简单的甩手和走动,感冒的次数逐渐频繁,由于荣民拿药不用钱,他便时常往医院跑,拿止痛药、头痛药、胃药等堆在床头柜旁边,自诊自疗,夜里爷爷的干咳声穿透楼层,他总感觉自己的喉头有什么东西哽着,憋得慌。

第三代的孩子们上了小学后,我们白天一早出门上课,直到下午放学回家,没有了照顾的对象,爷爷奶奶的生活失去重心,开始重新寻找能填补日子缝隙的理由。奶奶爱往外串门子,巷子边的城隍庙常举办活动需要人手,她便过去帮忙,而爷爷则到公园散步,在公园边上的棋牌室打牌。

麻将是种消遣,小赌怡情,爷爷清楚自己没有沉迷的理由,就当作是某种心智训练的游戏，但他打牌技术不好，和牌的速度太迟钝，十局九输。棋牌室里有些游手好闲的中年人见这老头天天报到输钱，摆明了是只大肥羊，联起手来诈欺他，爷爷心知肚明，却也无所谓，对他而言那只是在孙儿孙女回家之前打发时间的过程，若是钱输光便回家，当作买一种陪伴罢了。

在当时，老年失智还未被视为一种症状，仿佛记忆衰退、健忘症与固执本来就是年长者身上的标签，但现今医学研究指出，这种伴随着年纪增长造成的脑部退化，多和基因、心血管疾病、忧郁等因素有关，除了影响记忆之外，就连个性与情绪也会因此改变。

这种改变的过程是渐进式的，变异的蛋白质占据脑细胞，使人每次入睡后就离清醒更远一些，随时间点滴吞噬着正常的神智，因此在家人的角度看来，爷爷只是年纪大了，变得固执、暴躁，许多事情讲不清楚，对老人家多体谅便是，不必多作计较。

过去隐忍下来的遗憾与愤怒，从衰老碎裂的人格框架中渗透出来。

爷爷的脾气越来越不稳定，在饭桌上他对着饭菜碎念不休，像台故障的机器似的不断重复着相同的叙述。奶奶若有什么动作引起他的不满，动辄拍桌怒骂一通，吓得我们低头扒饭，不敢有丝毫回应。

奶奶的性格强硬，在前半生她几乎独自带大三个孩子，一路上没有什么东西能让她屈服，面对丈夫的威吓她非但没有害怕，反而怒目对着硬干，甚至翻起旧账。爷爷说城隍庙里的人素质低，奶奶便冷笑着说你打牌被诈了多少钱；爷爷说一个女人家在外四处串门成何体统，奶奶就回怼自己在家这么多年，也不见丈夫跑哪去；最后爷爷气得口不择言，骂你这没有知识、愚蠢的女人，奶奶的脸一下煞白了。

她的童年与爷爷有着相似的战火，只是空袭的对象不同，美军的炸药在城里爆开，奶奶记得表姐背着自己躲在梁柱底下，避免房屋倒塌时被压死，但在教育上她可没有爷爷好运，念到小学义务教育结束，穷苦出身的她便到纺织厂做黑工，学历是她一辈子的遗憾，她最痛恨别人说她没有知识。

每当吵到这里，奶奶就起身离开客厅，接着会听到外边的纱窗拉门发出猛力的碰撞声，她不知去了哪里，只留下怒目圆睁的爷爷，以及沉默的我们。

岁月剥夺着老人的记忆，如潮汐侵蚀着海岸。

晚年的爷爷放不下曾为军官的身段，养成一种奇特的膨胀的行为。他逢人便夸自己的儿女优秀，说自己的女儿是钢琴名师："我女儿给人做钢琴家教，一个月能赚好几十万。"带着刚学跆拳道的外孙女出门，逢人就要她展示一下新学的拳脚："给叔叔看看呀，来踢两腿！"让表妹感到很是尴尬。他在家里频频鄙视邻居没素质，还说以前在部队里跟哪个人吃过饭，现在他已经身居高位了多么与有荣焉啊。每当别人附和着奉承他，露出一副羡慕的表情，爷爷便感觉满足了虚荣。

他越是虚荣，就越难以遮掩背后的空虚，仿佛爷爷在不断强调自己这一生是成功的，他没有失败，没有因湖口事件写出无数封恳求的信件，没有缺席孩子们的童年，没有投资造纸厂倒闭，没有高不成低不就，孤独地在自己的地盘徘徊。

他逐渐在变成另一个陌生人。甚至有几次，我们在巷子口发现爷爷穿着四角内裤和白衬衣，手里拿着菜刀，瞪视着往来的路人，像对着看不见的幽灵发火，这时只有小姑敢上前，好言劝抚爷爷放下刀进屋里休息。

事实上比起许多外省老兵，爷爷的人生可算是极幸运的，不仅在两岸开放探视后找到家人，晚年所有子女都在身边，经济也有退伍军人的保障，但人生最难过的关卡往往不在已得到的事物上，而是那些擦肩而过的遗憾和无人谅解的不安，就像他徘徊两岸之间始终像个局外人，在台湾他被称为外省老兵，到河南却又被认为是台胞，他注定在心理上一辈子背井离乡。

退出交际圈许多年，昔日的战友不再联系，长官都已年迈或过世，奶奶只要出门总能随时加入一群聒噪的老太太，但爷爷没有任何能交谈的对象。

偶尔理智清晰时，爷爷会懊悔自己不该对奶奶这么凶，不该去践踏妻子的痛处，他每提起一次就如刀往伤口上再划过一痕，奶奶记恨在心里，这让他不知如何去求得原谅。苦于无人诉说，爷爷最后选择向儿子告解："以前有次我带着你妈骑车兜风，到台中港那块忘了为什么吵架，我竟然打了她一巴掌，那时候我就后悔了，我以为她会骂回来，但她一句话没说，也不肯上车，自己搭公车就回家了，那次之后她就对我记恨。"

那段时间爷爷跟老爸说了很多埋藏已久的私事，他会在夜里敲门进到老爸书房，告诉他关于湖口事件，对他造成了多大的影响，还有自己对奶奶很歉疚、小时候常不在家等等，面对父母的私事，老爸听了不知如何是好，他们之间已经错过了敞开心房的时间，只能简单慰言几句。

等话说尽了，爷爷就离开书房，独自隐入黑暗无声的地下室。

争吵还在继续。面对父母关系的僵持不下，老爸和两位姑姑无法调解，在上班整日后还要听客厅里的对骂让人疲倦不已。他们最后形成某种视若无睹的默契，一旦爷爷火气上涌，就各自迅速收拾碗筷，催促我们上楼做功课，随后奶奶甩门，子女各回各家，客厅便如同惯例似的独剩爷爷一人。

在爷爷情绪稳定时，老爸试过开导他，建议他发展新的兴趣、新的交友圈，而大姑的做法更直接，在某次带爷爷健康检查时私底下告诉医生，父亲可能有老年痴呆症，问是否有防止恶化或治疗退化的方法，但医生只是笑着说好，随意做了些检查，表示你父亲的智力没有退化，一切都很正常，就这么敷衍过去。许多年后大姑惋惜地说，如果当年他们对爷爷的退化症更有认识，或许会对他的牢骚更有耐心，并且就不会让他独自一人回去河南探亲了。

* * *

返乡探亲期间是爷爷晚年少数能打从心底感到快乐的时光。

好像离开台湾，他就能一并摆脱那些让他落寞的包袱，将家人的无从理解与遗憾往事都暂且抛下，等到了河南被亲人包围，就能回到自己最意气风发的年代，在那里他是大家长，是尊贵的台胞，以及扶持家乡建设的投资人。

每年秋季左右，他会安排机票前往河南，行程捉摸不透，有时他请小姑代订机票倒还能知晓出发时间，到后来或许怕麻烦子女，或习惯独自行动，更多时候是突然从家中消失，一个月左右才返回。起先老爸与姑姑也担心，但沟通无效，爷爷还是每年悄悄不见踪影，久而久之大家便习惯了。

爷爷始终盼望老爸或我能跟他一起回去河南。老妈很后悔她当时并没有支持这个想法，爷爷用她听不清楚的外省腔调提议时，老妈一来担心爷爷年纪大，二来孩子才刚上小学，所以几乎是立刻拒绝了。而老爸就更不用谈，正值事业冲刺期的他根本无暇分神，每天都为业务奔波直到深夜。说了几次之后，爷爷就摸摸鼻子，再也没提过。

对他来说，若能跟自己的长子长孙回到河南故土，肯定别具意义吧？

长大后我独自探访三门峡，惊讶地发现在河南亲戚的口中，张文学几乎是另一个人，他头脑清晰，健谈而睿智，说话诙谐幽默，对许多事情总有一针见血的看法。亲戚们津津乐道他辉煌的军中事迹，那使我感到骄傲又伤感，心想原来爷爷也有这样的一面呀，可惜等到我能听懂这些故事时，他却已经不在了。

爷爷每年的返乡行程，仿佛是将能量与情绪消耗殆尽了似的，他回到家中后会安静一阵子，脾气不再暴躁，情绪也平稳得多，只是他会花许多时间躺在沙发上，眯眼让电视上的摔跤节目流经视网膜，无神地释放疲劳的信号，就连在餐桌前吃饭都罕见地称赞奶奶做饭好吃，好像他找回了弄丢已久的某样东西，确认那东西在原处似的心安。

另一件让他快乐的事情，是有孙儿的陪伴。

虽然在我们长大后，爷爷奶奶不再需要全天候照护小孩，但爷爷仍非常乐于消化我们拿回来的各种美术作业，主要是我从学校带回来的。据老爸说，小时候我所有的暑寒假劳动作业全都是由爷爷手把手带着做，他用剪纸拼贴出比我个头还高的财神爷，做用白胶和竹筷子搭成的宝船，爷爷溺爱我们几个孩子，他几乎乐意满足我们的任何需求，就算是喝可乐、吃薯条这类不健康的也算在内。

小学时有个夏日，炎热的车库里传出微弱的吱吱声，我循声找去，发现角落的粘鼠板上粘着一只老鼠，老鼠已挣扎得剩下半口气，它灰暗的毛皮与胶缠在一起，绝望如刑架上的死囚。我于心不忍，跑去找爷爷，央求说能不能救救那只可怜的老鼠。

老鼠是带来细菌与肮脏的害兽，但听我求情，他仍是耐着性子，跟我研究起怎么救这只凄惨的生物。他先是拿来色拉油，用油漆刷涂过老鼠四肢，强力黏胶布丝毫不退让，换过几种溶剂后,爷爷拿来一罐气味刺鼻的甲苯有机溶剂,他用棉花棒沾着涂抹老鼠粘住的毛皮,竟出乎意料地成功了,可高兴并没有持续太久,因为那溶剂毒性极强,老鼠很快就死了。

我哀伤地请爷爷埋葬老鼠,胸腔满是沉重的难过,那是我人生初次见到有血肉的生物死在面前,甚至死在自己手上,而爷爷陪在我身旁演了一出荒谬的救援戏码,他却没有觉得荒谬,只是非常慎重地在乎着我的难受。

没有人知道他在想什么,也没有人在乎他在乎什么。

晚年的爷爷在黑暗里编织他唯一会说的故事,可怜的小花翻山越岭,在街边乞讨,在冷雨中发抖入睡。可即便孙子愿意倾听,却也不可能理解背后的经历,那些战祸都离天真的童年太遥远了。

在社会上他被称为荣民。或许他有时会感到有些荒唐,荣誉吗?自己究竟做了什么值得荣誉的事呢?我这一辈子究竟成就了什么呢?

他的健忘症逐渐明显,近的事情想不太起来,倒越来越常想起父亲和母亲。他在梦里见到父母在诗人醉街巷口,推着满载蔬果的三轮车正要出门,朦胧的画面里他刚放学,从开封高中回到杞县下车,秀兰呢?秀兰在哪?他左右张望,却没有看见妹妹。醒来后他发现自己在地下室,双手布满皱纹,他早已不是十八岁的少年,他七十八岁了,是被命运与时代洪流所摆布的人。

我们并不知道,爷爷究竟是受到什么刺激还是某种无名的召唤,反常地在那年冬天从家里消失无踪,没有告诉任何人。那时他与奶奶的冲突令子女都厌倦了,他们几天没有回家吃饭,等察觉时,爷爷已经抵达大雪纷飞的河南,踏上他最后的返乡之旅。

鲜烟咸雨

大伯说在爷爷最后一次回河南时,他便感觉有些异样。

"那年冬天很冷,夜里屋外下着大雪,就连在房里都得用厚袄子把人裹得严严实实,我和你姑奶奶在村委会里跟大家一块看电影,看到一半,突然有个乡亲敲门进来,说外头有人找姑奶奶,不知道是谁。"

姑奶奶满头雾水,疑惑这么晚了怎么还有访客,她和儿子走到村委会门口,惊讶地见到爷爷在外头冻得直哆嗦。鹅毛般的白雪飘落在他身上,积雪淹没脚踝,爷爷显然被冻得神志不清,也不知道在外头站了多久。大伯赶忙开门将他迎进屋内,脱下大衣披在他身上,倒了杯热水给他,爷爷握着瓷杯发抖半晌,这才慢慢缓过来。

大伯说,爷爷以往至少都会先打电话联系过,那次回来却没告诉他们。爷爷从郑州机场出来后也不换乘铁路，招了辆车，告诉师傅直奔三门峡。出租车冒着大雪在高速公路上疾驰五个小时，直接开进重王村里，爷爷给了一千多块人民币后下车，但村里的人都在村委会看电影，造纸厂家门被铁锁围起，爷爷几次叫唤都无人回应，逗留一阵后才找到村委会门前。

"你想想，这么冷的天他却只穿普通的衣裤，我一摸他的腿，料子这么薄（大伯捏手比了个硬币般的厚度），当然冻啊！怕是那时你爷爷已经知道自己要不行了，想赶在那之前回趟家。"

不过爷爷回来，家人总是惊喜多过担忧。在休息一晚后他又恢复了以往的精神，可以在饭桌上开些玩笑，在姑奶奶的陪同下绕着村子散步，遇到乡亲时便驻足寒暄几句。爷爷很高兴家里又添了几个孩子，他逗弄着小娃娃，想起在台湾孙儿趴在地面牙牙学语的模样。

但大伯等人注意到，爷爷表面虽看似一切正常，却没有过去那般充沛的活力，走一阵便要坐下来休息，也不太愿意出门吃饭，有时话说到途中字句便突然遗失在空气里，在一阵恍惚后他才尴尬地叹了口气，想不起刚才要讲什么。

爷爷的脾气倔强，不愿大伯等人帮忙打理起居，他住在姑奶奶和姑爷房间的隔壁，即便在河南老家，依然维持每天早晨起床散步一圈的习惯，之后用过早饭，爷爷搬张凳子，坐在造纸厂房的院子里盯着核桃树许久，他似乎在想什么，又似乎在等待着什么东西到来。

* * *

张文学抚摸着墙上的相框,老旧的相框里是张他第一次回来时拍的照片,他与秀兰、应群和几个外甥在窑洞前,玉华抱着才出生不久的婴儿,那是他命名的孩子,张海和,有祈求海峡两岸和平之意,那孩子现在已经上中学了。

相框底层还夹了几张照片,是张文学与台湾家人不同时期的合影。这些年下来,他带了不少张台湾的照片放在三门峡,照片旁边或背面写满了批注,何年何月何日,地点在哪,他们那时正在做什么。一张五口之家在苗栗通霄海水浴场玩水,一张幸子刚烫了时髦的卷发,一张他穿着军服坐在办公桌前批公文。张文学心想,他的人生是由这些泛黄的影像与片段的文字堆栈组成,但很多细节自己却记不得了。

以前他回河南,喜欢夜里在炉边跟孩子说些台湾的奇闻轶事,说鹿港曾有户人家要收他做养子,说长官如何器重他,但渐渐地故事说完了,现在张文学只能重复叙述一遍又一遍,幸好河南的亲人从来没有戳破,每次都当作第一次听故事,露出好奇的眼神。

张文学摸索造纸厂四周,像要重新确认自己的记忆般,他在客厅的抽屉里发现一本文件夹,没有塑料外壳,是用塑料夹页包装后以一条红色麻绳串起来,上面是他的笔迹,那是他多年前写下的笔记，封面标题是《鲜烟咸雨》。

他几乎忘记自己写过这类似自传的东西，翻开来看，里面除了他所经历过的人生，还包含了许多家训与处世箴言：

一个人不论你是做大事或小事，都会呈现出应有的效应，很多事被环境吸收，被群众认同，就连人之父母，给孩子做榜样的一点一滴，也都会被人作为以后的评断，所谓今日所做之事，表征于外，渐而消失；但是一日之做人都是由事迹上自然评断为一世之行为，所谓事可以不行，人不能不做。现在社会功利主义高涨，现实主义抬头，一般人为一己之私，忘情义失去信用，不谈做人，连事也没做好，好高自大，到后来也原形毕露，不成一个样子，后悔不及，所以说做人一世就是你的根本立足点。

我看过很多能言善道的专家，他们在最初就会得到上司的青睐，而且到最后还是被上司认定为诚信守法者所重用，这些事情看来也不是太难。这里讲的不是叫你来做人，而是叫你从事情上找到一个标准的基础，建立在公信、诚实、永不欺瞒的工作上，而让后来之人对你的评价均为上乘就好，也不会忘掉那些事业的成就。

那时还有精力去谈论这些大道理，张文学莞尔，才察觉原来自己也到了爱说教的年纪，孩子们会不会觉得自己很唠叨呢？

《鲜烟咸雨》写成后已过去数年，这段时间又发生了许多事。

他看着文章里写心脏病，想那次真是大难不死，里面还提到台湾的大事、荣民身份、电视新闻，甚至年轻时的几段"桃花"。张文学仿佛看着一个截然陌生却又熟悉的自己。从学生兵逃亡到台湾，跟随国民党的脚步成家立业，偶尔几段让他看着纳闷，不禁摇头，觉得并不是那样，肯定是写错了，张文学认为许多地方没说清楚，加了些批注，删删改改，心中暗道该是最后加笔的时候了。

冬日的三门峡万物凋零，呼出的气息化为一团冷雾，雪稍微融化后，乡村的黄土路崎岖泥泞，张文学、秀兰、应群带着纸钱来到杨氏墓前，在寒风中艰难地点燃纸钱。水泥墓碑上依旧写着"慈母张门杨氏之陵墓"，张文学心生感触，他脱下手套，不顾地面肮脏跪了下去，轻轻磕了三个头，起身后他拍拍秀兰，说房子修缮的事情不用担心，至于玉华能否到台湾工作，他再想想办法。

张秀兰感到困惑，说："玉华现在在村里工作，家庭也很稳定，不用非得去台湾呀。"张文学噢了一声，点点头。

回去的路上他在岔路口停下，又问："咱们家的窑洞在哪个方向？"

"窑洞都是几年前的事啦，玉华当村干部时早给填起来了，怕危险。"秀兰心里闪过一丝慌张，她拉起哥哥的袖子，催促张应群带路回家，沿途不敢再多提往事。

他反常的行为不仅如此，隆冬寒冷的早晨，零下的气温，张文学竟然会脱下衬衣走到院子里晒太阳，家人怕他感冒了，劝他回屋，却被他不耐烦地打发。

"让我待一会儿，我自己的身子冷不冷不知道吗？"劝阻无效，最后只好让张秀兰软言相待，张文学这才哆嗦着回到屋里。

进了屋内，张文学到处走动，烦躁地翻弄着任何被掩盖的角落，他找不着钱包，嘴里不住问道："谁拿了我的东西？谁拿了我的钱包？"

张秀兰走到他平常就寝的小房间，往枕头边一摸就翻出了钱包，递给哥哥，张文学这才喜笑颜开，说："还是你记性好。"

记忆如软泥般形塑着梦境，梦则透过意识逐渐模糊与现实的边界。秀兰不知道的是，那时张文学的脑海里常重叠着不同层次的影像，稍微恍惚一阵，他的精神就随机往返于战场、学校、黄河岸边、十甲路巷口与新竹装甲兵部队，需要收束自己的感官，才能聚焦于眼前谈话的对象。

张文学想趁自己还清醒时，尽可能多地留下笔记。面对家人的忧心，他强作轻松，努力展现出自己并未衰老的样子，照常吃喝谈笑，问候孩子的功课与事业，给出一些建议。夜里，张文学在草稿纸上写了几段他觉得可以接续《鲜烟咸雨》后的内容，包括孙子长大、身体健康的重要性以及他对两岸时事的一些看法，就像年轻时担任军事新闻记者般列出纲要。

想到写作，张文学精神略微振奋，他已经很多年没有动笔，琢磨着想将稿纸带回去后每天写一点，下次回河南时补在笔记后面。

也该留一份在台湾家里，让幸子他们都看看，这些都是好故事。张文学朦胧地想着，不经意间已轻轻滑入梦乡。

* * *

爷爷决定回台湾了，这次在河南待的时间不足三周，就如他来时一样匆促。

他坚持自己可以独自前往郑州住宿一晚，隔天搭乘飞机返台，但姑奶奶和大伯还是担忧他犯迷糊，提出希望能有人陪他一起过去。本来大家是出于好意，不料爷爷听了却大发脾气，固执地不准任何人跟上来。

要平常也就罢了，但这次张文学的返乡有许多怪异之处，秀兰不放心，找来几个孩子商量。

"舅舅太好强了，他总是这样，什么事情要能自己来绝不麻烦人，我担心出什么意外呀。"玉华担忧地说。

"这样吧，我跟他一块去，就说我出差。"玉祥自告奋勇接下了任务，几个兄弟讨论好后，他们便早早就寝。

离开那天早晨，在三门峡站，爷爷见到二叔跟他一起经过检票闸，当下就想开骂，可话还没说出口，玉祥赶紧拿起公文包，笑着解释自己因公出差呢，刚好一块过去，张文学这才勉为其难地接受了。

抵达郑州，张文学看起来精神还不错，在市中心的旅馆下榻，玉祥假装与他分道扬镳，实则偷偷地跟在他背后。他心想，这趟回家舅舅状态很奇怪，说话常牛头不对马嘴，脾气有时暴躁，有时又感觉恍惚，他心里有着不太好的预感，但不敢往深处多想。

玉祥看张文学走出旅馆，到一家小馆子吃了半碗烩面，走出门时却满脸疑惑的样子，他四处游逛，走一阵抬头往招牌看去，似乎在找什么东西。

"舅舅不会是忘了酒店在哪吧？"玉祥心底惊出冷汗，赶忙跑了上去，大喊一声舅舅。

"你怎么在这？"张文学转头见到侄子，奇怪地问。

"刚办完事呢，舅舅吃过饭了吗？"

"吃了吃了，我正要回酒店，但这地方我不太熟悉……"

"是那一间吗？"玉祥指出张文学下榻的酒店，"我带您去看看，刚好我也找地方睡一晚，明天再回去。"

顺着这个借口，隔天上午玉祥假称坐傍晚的车回三门峡，坚持要送舅舅去机场，他说要替他拿行李，但张文学不肯，玉祥只好打车随张文学一块过去，等在机场柜台办完手续，他一直跟着舅舅到安检门口。

"您到台湾机场有人接应吗？要不要先给表哥他们打个电话？"

"纯珍会来接我，你就别管啦。"张文学不耐烦地挥手。转身就要进安检口。

"舅舅，您……"玉祥哽住，突然间说不出一句完整的话。

张文学回头愣在原地，他走上前，抱了抱舅舅消瘦的身子，鼻头一酸，有种说不出口的预感。

"您多保重。我们都很谢谢舅舅回来。"

张文学拍拍玉祥，安慰几句便转身离开了。玉祥挺挺地站着，目送他直到背影淹没在其他旅客之中，才离开机场。

在那次返乡之后的半年时间，秀兰一家并没有听说任何来自台湾的消息，他们习以为常，毕竟张文学年纪大了，联系没有以往频繁，于是便回到各自的生活轨道上，继续为家计打拼。

冬去春至，三门峡的黄土地上再次冒出青绿的嫩芽，嫩芽随着天气变暖逐渐抽高，午后随着响雷炸开，雨水滴滴落在黄河水面，泛起圈圈深浅不一的涟漪，等到夏季的炎热造访时，农园里的枣树结出丰润的果实。村里的孩子们摘苹果、捡核桃当作零嘴，他们在黄昏时玩起捉迷藏，将童稚的笑语散播到村庄的每处角落。

假日玉祥从城里回到造纸厂房的老家，见秀兰兴奋地挥舞着手里的信，那封航空邮件是从台湾寄来的。他惊喜地说："是舅舅写信过来了呀！"

"快给我们念念写了什么内容。"秀兰与应群眼睛老花，不便阅读，就急切地催玉祥念信给他们听，玉祥笑着将信封接过，拆开后看却是从未见过的娟秀笔迹，似乎是出自女子之手，他心生不安，一边辨认着繁体字，缓缓念道：

"亲爱的河南家人、姑姑，你们好。

"我是张文学的小女儿张纯珍，久未联系，实在抱歉。自从年初我父亲从河南探亲回台，身体大小病不断，本以为只是老人虚弱，出门旅行受了些风寒，但医院却诊断疑似得了肺结核，需要到负压病房进行隔离，在那之后我们安排住院检查，这段时间也试过很多治疗方法……"

玉祥怔在原地，举着信纸不知道怎么往下读，他事前没有任何心理准备。

秀兰听了脸色发白，焦急地要他继续往下念，不断追问然后呢？治好了没？病情严不严重？

玉祥没有任何迂回的余地，他闪躲着母亲的眼神，小声地说："舅舅没有撑过去。"

"什么意思？你这是什么意思？"秀兰焦急万分。

"就是说，舅舅他走了。"事情发生得很突然，这已经是两周前的事情，办完丧礼表姐才有余力写信。

姑奶奶全身瘫软，失声痛哭，就此生了一场大病。

最初的死亡

死亡对年幼的我来说是陌生的。

医院顶层的负压病房飘着淡淡的苍白的气味,小姑给我们戴上 N95 口罩,叮咛说进去要安静一些喔。我们跨过隔离门,独立的房间墙面是雨后清冷的颜色,一扇大窗外艳阳普照,爷爷逆光的身影孤零零地躺在病床上,手上绑着透明管子的点滴,他正闭着眼睛在休息,似乎没有注意到我们进来。

爷爷表现得很平静,前臂还残留着淡淡的绑痕,那是之前用药时他因副作用躁动,防止他去拔呼吸器跟点滴的预防措施。我上前握住他的手,说:"爷爷,我跟弟弟来看你了。"他是有意识的,只是睁不开眼,点了点头,回握住我的手。

从河南回来后,他原先的干咳更加剧烈,甚至有时咳得喘不过气,起先他照常用常备药压抑,后来受不了,爷爷就跑到军医院看诊,这一看却传出坏消息。

卫生所的人来到家中,说爷爷疑似有肺结核症状,必须进单独的负压病房隔离观察,并要求所有家人配合,除了自检是否有类似症状还要避免对外接触。老爸与姑姑吓一大跳,他们已经习惯了爷爷的气管脆弱,没想到返乡一趟回来竟然得了传染病,他们感觉事态严重,为孩子请了几天假,收拾棉被、衣物、水杯等住院物品送去医院给爷爷。

接下来的过程,是老爸等人不愿多谈的。

反复抽痰、化验、施加抗生素,爷爷起先温顺地配合医院,但过了几周情况没有好转,他便挣扎着想回家,生气地抗辩说自己咳嗽多年,这不过是小感冒,何必小题大做?但医院坚持开放性肺结核患者必须隔离,安抚说只要配合治疗,很快便能痊愈回家。

试药是一连串痛苦的过程,免疫体、药物与病毒仿佛从体内给爷爷凌迟,他感觉浑身滚烫,似有蚂蚁在乱爬,手止不住挠痒,导致皮肤剥落溃烂,医护人员将他绑在病床上。接着,新药引起谵妄,爷爷的情绪暴躁而忧郁,加上止痛用的吗啡,幻觉不分日夜如潮水般侵袭着他。他时常望向窗外,看见一栋有着鲜红色屋顶的建筑,下方排着一列黑衣黑裤没有脸孔的男人。

"那是宪兵队,是来抓我的。"爷爷这么告诉老爸。

两位姑姑带着水果走进病房,爷爷神色紧张,手握紧拳头,激烈地大喊:"你们怎么来了,没见到敌军正瞄准我们吗?快趴下!快躲进那边的桌子底下!"姑姑们安抚无效,只好弯身躲进桌底，双手抱头做出保护自己的样子。

有时他会突然安静下来，冷冷地看向房间角落，拉扯姑姑的衣角，凑到她耳边小声说："那边有人，是谁？"小姑转头顺着方向看去，那里什么也没有，不禁打了个寒战。

爷爷的病房里不断上演着滑稽的剧码，他脑中无法控制的幻觉是导演，在这狭窄密闭的舞台上，指挥我们所有演员，陪他走过战场、部队、黄土高原。

"那些都是新药的作用，"老爸恨恨地说，"他们把爷爷的身体搞得一团乱。"

"那为什么不停药呢？"我问。

"生病的人是没有选择权的。那时不像现在手机查东西很方便，我跟你姑姑都不懂这些，当然是医生说什么我们就配合，相信专业的判断，结果你爷爷就像被当作实验的药罐子似的，每天一大把药。"

每天一大把药，每颗都有拇指指甲片的大小，爷爷吞咽得很辛苦，比起肺结核，他更恐惧的是那些不可控的幻觉。小姑看着难受，去问医生能不能停药或换药，但医生解释每颗药片的效果以及它们产生的交互作用，说很抱歉，一颗都不能少，不过等一套疗程做完我们可以先观察下。小姑听得满头雾水，只能无奈地返回病房。

观察，再观察看看。爷爷的状况时好时糟，反复徘徊于谵妄与清醒之间。

可医院始终没有确定肺结核的判决，我们所有家人都身体健康，没有任何传染迹象，卫生所的人没有再来过，爷爷却仍不能出院。有一次，他似乎受不了负压病房里压抑的孤寂，竟穿着病服搭出租车偷跑回家。早晨我们下楼，发现爷爷坐在客厅里一脸闷气，小姑与老爸温言相劝，他却感觉自己被子女排挤，像要被丢弃在病房里等死的老人，最后只能由小姑请半天假陪他去医院。

"这里是我家，凭什么他们可以不让我回家？"爷爷委屈地说。没有人能回答这个问题。

* * *

一段时间后，医生宣告爷爷的病情好转，将停药转普通病房。

那时他的肺部纤维化已不可逆，有时甚至大小便无法自理，但爷爷再也没有力气挣扎了。生病的人毫无尊严，药物治疗耗弱他仅剩的意志，连带将他晚年倔强与固执的脾气消磨殆尽，爷爷变得温顺乖巧，对医生和家人的安排不再抵抗。

奶奶放下跟爷爷多年的别扭，每天到医院悉心照料，这次城隍爷似乎没有答应她再次折寿的请求了。老爸和姑姑在下班后轮流带着我们兄弟姐妹前去探视，有孙子围绕在身边，爷爷的心情会好点。那时我正值考高中的阶段，学业紧张，常带着参考书与考卷在病房里读书，一方面备考，另一方面是我隐约感觉爷爷看着我念书时，似乎很欣慰的样子。

爷爷没有办法再唠叨,于是便由我担任起说话的角色。

我滔滔不绝地说话,告诉他自己在学校今天体育课打躲避球有个同学犯蠢,把球砸进老师办公室里;隔壁班有人带头订饮料,告诉外送小哥从墙角的破洞递进来,却被教导主任逮个正着,没收奶茶外再赠送所有人一个警告;我信誓旦旦地说,自己成绩被班导师保证一定可以考上重点高中,没告诉他实际情况还离标准线有段落差……每一段我都事无巨细地讲述,不管多么细碎的内容,爷爷听了都安心地点头,然后在孙子的校园小剧场里悄悄睡去。

转到普通病房,老爸和姑姑曾以为不久后爷爷便可以出院,但事实上爷爷虽不再有明显症状,全身器官却一天一天地衰竭下去。

无法全天候照顾,大姑跟弟妹商量后给父亲请了一位印尼看护。年轻的看护姊姊能讲简单的中文,对爷爷总是好声好气,帮他翻身擦背、换衣服,带他上厕所,做些简单的按摩舒缓疼痛。爷爷起先不情愿,但也逐渐接受了这女孩的温柔。

他不再是流亡学生,不再是军官或厂长,病情卸下爷爷所有防备,让他回到身为一个人的最柔软与脆弱的初始状态。

当小姑弯腰扶他坐起身时,爷爷会顺势摸摸她的头,抱一抱自己的女儿,用一种她从未听过的亲切语气,在姑姑耳边说:"爸爸最喜欢你了。在所有孩子里,我最喜欢你。"

小姑眼眶霎时红了。

她其实知道,父亲这阵子对谁都这么说,就连前几天对自己的女儿也是，说在所有孩子里，爷爷最喜欢你了，这让才念初中二年级的女儿跑过来，高兴又疑惑地问自己爷爷是神志不清才这么说的吗？她摇头，告诉她不是，爷爷肯定是真的这么想的。

爷爷是真的这么想的。每个孩子都是他最爱的孩子。

他的记忆像录像带倒带回放，记得大女儿喜欢音乐，小时候家里穷买不起钢琴，她就在白纸上画黑白琴格每天勤练指法；儿子读了"国防管理学院"，跟他一样穿上同款式军装；小女儿到现在出社会了还一副稚气未脱的模样。他知道幸子个性单纯朴实，喜怒都写在脸上，他懊悔地想，不该骂她没有知识，还动手打过她，是自己错了，他不知道自己是怎么回事。

活着，究竟是怎么样的一件事呢？

他还牵挂着许多事。比如家门前的挡雨板坏了，替换用的绿色塑料板在车库侧边柜子的底层，原本想补写的笔记草稿搁在床头，秀兰跟应群呢？他们不知道自己生病了，如果知道肯定会很担心吧，等身体好些回家，首先得打个长途电话报平安，就像当年开心脏手术，剖开胸膛用大腿血管替换心脏上的动脉血管，他要告诉他们，他又一次活下来了。

再问一次吧，鼓起勇气再问一次，问孩子愿不愿意跟他回趟河南老家，孙子考完试要上高中了，暑假刚好没事可以将他带上，这次媳妇会同意吧，如果能一起去黄河岸边看看是再好不过。

对，就这么办。等下次醒来他一定会问的。

* * *

爷爷走了之后，我们都梦见了爷爷。

2009年7月7日上午10点35分，我的爷爷张文学宣告过世。他走的时候很狡猾，趁小姑到病房外装水的一个极小的空当，他让心跳停止了，不给家人任何挽留和哭天喊地、召唤医生的机会，就像他最后一次返乡时执拗地不愿意让人送行，这次是真的没人能追上去。

临走前两周左右，爷爷的病况突然好转，他恢复神智坐起身，可以正常说话喝水，面对许多亲属探望，爷爷也能含笑感谢对方前来问候，就连护士要测量血压、抽血都乖乖配合。从医学上来解释，回光返照的现象意味着病人正调动全身最后的免疫力，奋起做最后一搏，大量肾上腺素被激发，心血管收缩，让他看起来几乎痊愈，实则是为了道别而准备。

大姑伴着许多亲友走进来，他们跟爷爷问好，爷爷也笑着说："很好很好，这小病都差不多了，马上就可以出院啦。"

那之后，病情如断崖般坠落，器官迅速衰竭，所有人都无能为力。

他毫无预警地失去意识，昏迷时偶尔出现较激烈的反应，脸上写着惶恐、焦虑、哀伤，像个迷路的孩子，漫无目的地呓语着，这时他的腔调没有了多年台湾话影响的色彩，回归最原始的河南方言。

有一晚我陪在他的身边，听见爷爷似乎在说些什么，我凑近细听，他双眼紧闭，似乎在黑暗中寻找谁的身影：

"妈妈，我回来啦，妈妈……"

当我接到电话时，我的初中生活已经结束，暑假的气息炽热而躁动。我走在台中街上前往傍晚的同学会，电话里老爸说爷爷过世了，让我现在过去一趟，我立刻回家里骑上自行车，一路加速蹬着，闯过无数红灯，赶超公交车奔赴医院。

这是不对的。我心想。好不容易考上重点高中，你还没见到我穿制服啊，你不是最喜欢到处炫耀你的孙子吗？不是答应过开学时要一起去学校参观吗？爷爷，你答应过的，你这个骗子。

所有的大人都赶到了医院病房里。奶奶将手放在爷爷胸前，姑姑们没有说话，老爸是其中情绪最激动的人，好像一股怨气无处发泄，他气得扬言要提告医疗疏失，质疑医院从一开始检测就错了，说如果是开放性肺结核这么危险，为什么他们家其他人都没被传染？为什么爷爷在隔离病房可以偷溜出来？如果不是肺结核，那至少该让爷爷在家里待到最后而不是病房，这都是因为那些药，一定是他们将爷爷当成试药赚钱的实验品，身体才会被搞坏的。

老爸对医院的不谅解持续了很长一段日子，与其说他恨医院，不如说他是气自己无能为力，那段时间里他常告诉我跟弟弟，说希望我们去考医学系，搞清楚重要的事，不要被人摆布却一无所知。

死亡像是毕业，来到社会工作，最初有些东西在接受范围之外，但时间久了渐渐就融入生活。我们习惯了回家时见不到爷爷躺在沙发上，习惯客厅里没有他的碎念唠叨，地下室漆黑一片，再也没有爷爷的影子。

长久以来的漂泊辛苦了，至少你回到自己的港口。

葬礼过去许多年后，有次我跟老爸聊到爷爷过世的场景，他说："你知道吗，有件事其他人都不知道，爷爷其实不只偷跑回家一次。"

那次老爸刚好在家，下午他在二楼办公整理资料，听见拉门声，以为是奶奶买菜回家了，下楼一看才见到是爷爷。那时他的病情刚有起色，不知是失智还是药物的影响，他说自己已经可以回家，老爸以为是医生准许便不以为意，爷爷就如往常，在客厅前拿起铁锤跟钉子，对一张小板凳敲敲打打，好像生病住院就是场梦。

不久后，两名医护人员急匆匆地赶到家门口，"伯伯你怎么突然跑出来呢，这不可以喔！"说着便要带他回去医院。爷爷就如做错事被抓到的孩子，低头噢了一声，放下工具，回头跟儿子说，那他去一趟很快就回来。

老爸怎么也没想到，那之后爷爷再也没有回家。修理到一半的板凳与工具放在客厅，在葬礼后很长一段时间都没人敢动。奶奶几次要收拾都被制止，老爸说让他来收，先放着吧。实际上他慌了，他不知道怎么办，板凳与工具有种魔力让他多次想要忽视，好像一旦触碰，某些事情就会确定成现实。

那张板凳放了半年之久,才在次年春节的大扫除前回到原本的位置上。

拆迁

燕郊坐落于北京东边与河北的交界处，我去那里，最便利的大众交通也要至少一个半小时。

周日中午，我换乘地铁来到国贸，搭上一班往东的直达公交车，刷手机付票钱，挑了个居中的位置坐下，四顾张望，五十人座的车上有着形形色色的人物：抱着孩子轻哄的中年妇女，低头滑着手机表情沉重的男人，牵手低头窃窃私语的情侣，手提着衣服与家用电器满头大汗的老伯，他们都是要从北京返回燕郊的乘客。

我之所以到燕郊是为了探亲。自从几年前第一次到北京找到河南血缘的亲人，我们便保持着联系，虽然平常没有太多交流，可一听说我到了北京工作，大伯与表哥一家热情地邀请我非得过去做客，于是到北京的半年多后，我终于安顿好自己的工作与生活，约了亲戚一家，他们邀请我到燕郊吃铁锅炖大鹅。

公交车到站,才见到两位表哥在站牌前等候,他们与大伯长得很像,方脸大耳,皮肤粗糙,有着河南乡亲熟悉的轮廓。个子矮的是哥哥张海科,略高一些的是弟弟张海和,见我下车,赶忙上来拎行李。

"怎么来还带东西呀,不是跟你说别带了嘛!这里啥都不缺,你人来就好。"

"听说大伯能喝,等会儿可以一起小酌几杯呀。"我笑着说。

"下次来可千万别带啦,客气啥呢,还好不远,这里转进去就是。"

我们走到小区门口,眼前利落简洁的大楼阴影将空间分段切割,仿佛未来主义的画作,这是我所没有预料到的燕郊。这片住宅区是如此巨大,楼房犹如巨人的骨牌般耸立并排,大门后两行柏油路面车道上停泊着各色轿车,行道人来人往,一旁的街边排列着小吃店、杂货铺、快递站等商铺,干净整洁的中庭放眼望去看不到尽头,低矮的树丛一路延伸,直到远方几座小火山般的浅灰色圆柱体,汩汩喷涌着白雾。

"我们从前年开始搬来这里,这里可舒适多了,等等你看了就知道。你大伯、大娘、嫂子也过来一起住了,他们都在等咱们。现在我和你大哥各租了一套三居室,两家分开,猜猜这里一套三居室多少钱?才两千块不到!"张海和说。

电梯门才刚开,就见到大伯笑嘻嘻地迎接上来,"这么久没见,感觉瘦了呀!"年已六十的他精神爽朗,高兴地与我抱了抱，进门后我才发现所有在北京的亲人都在，大娘已经洗好水果正端上客厅桌面，嫂子抓着才四岁的女儿，非得要她喊我一声叔叔好。

这里是张海科的居所，我参观了一下房间，三居室的设备很齐全。大娘喜欢的橘红色花布铺满她与大伯的卧室，阳台上晾着的衣服随风扬起，客厅墙边还有套小小的学习桌椅，是表哥买来给孩子学习与涂鸦用的，虽然还没上学，但疫情防控期间的网课可没有停下，都是嫂子督促着每晚学习。我心里有些感叹，这生活水平比起几年前刚到北京时见到的大伯一家实在改善不少。

"比起东四环那里舒服多了。"我佩服地说。

"你哥有了孩子，那边已经挤不下啦，要给孩子一个好的环境。"大伯说。

几年前还是学生，刚到北京交流时我得知有亲人也在北京工作，便约了顿饭。当时大伯一家住在东四环欢乐谷附近，一家五口蜗居在一间约四十平方米大的通铺房间，房间自然是违章搭建，走上生锈的铁梯，地板上简单铺着几层厚被子作为床垫，角落堆放着小饭锅、几只瓷碗与餐具，衣物则是在房间的两端拉起一根长线吊在上头，整个空间仅有一间厕所以及一扇对外窗，没有空调或任何其他能称之为家具的摆设。

那时的他们刚来北京，大伯辗转求职，最后凭借在部队开车几十年的好车技进了一家专门安装铝制门框的装修公司，给老板当司机，然后又把两个在深圳打工的表哥带进来从头开始学技术。而大娘则是在东来顺涮羊肉当服务员,领一个月三千多的工资。那次的聚餐便是在东来顺,结账时即便经理给了折扣,我还是看出那是笔昂贵的大餐。

大娘是家里第一个来到北京打工的人,现在回想起来我还是非常钦佩她的坚强,在大城市里无亲无故,四十多岁的年纪从乡村出来,操着河南腔调的普通话独自一人到北京洗碗、端盘子,这可不是个容易的过程,但大娘谈起时语气却稀松平常。

"为什么当时要来北京呢?"我好奇地问。

"为了给你哥存钱讨媳妇呀。"

"那在北京那时一个月能挣多少钱呢?"

"大概三千。"

"那在老家一个月可以挣多少呢?"

大娘笑了笑,说:"在老家挣得少,我们农地那些作物够自己吃,但拿出来卖也就一年几千块钱,你四姨在老家附近的一家超市工作,每个月就一千块左右呢。咱们没什么家底,你哥要讨媳妇得用钱,所以当时才出来的嘛。"

如今,大娘终于升格做了奶奶,一双长满厚茧的手卸下工作,现在平常都在家里帮忙带孩子,偶尔回河南老家照顾姑奶奶,眼角的细纹变深,可笑起来的样子更好看了。

大伯与表哥们离开装修公司,搬到燕郊,表哥们在国贸附近找了间广告公司做广告投放工作,经济条件渐渐好转,尤其张海科气质沉稳,获得公司领导的器重,这几年升上小主管,除日常较忙碌之外,周末可以带着嫂子孩子到附近游玩,比起几年前的困苦实在是天差地别。

"几年前这里还啥都没有,就是些新盖的楼房,有些东北人跟河北人会在这里开公司,干装修或餐饮。你看那里一排都是东北馆子,因为这里东北人多呀。这两三年越来越多人到这里来住,房租便宜嘛,现在在燕郊大约有个一百万人啰。"

我从来没吃过铁锅炖大鹅,据说这是道东北名菜,一家人进馆子上桌,服务员将酱料汤汁、鹅肉、蔬菜、粉条倒入桌中央的大锅内,盖上盖前又贴了几团黄馍在锅边,转开炉火,蒸气从锅边氤氲冒出,我们就着拍黄瓜与卤菜喝起白酒。

"那是玉米磨成的粗粮,没吃过吧?我都吃怕了,现在不怎么吃。"大伯跟我解释道。

"通勤是个比较麻烦的问题。"张海科摇摇头,"我们周一到周五四点半就得起床,天都还黑着,到你今天下车的那个地方去排队,长长的队伍会排到街的另一头去,不过也还好,等个两三班就能上车,再从国贸转地铁到公司;晚上七八点回来时常会堵车,回到家时都九点多了,基本上再洗个澡玩会儿手机就要睡,没时间陪孩子。"

"你哥之前还想说骑电瓶车去公司,我都劝阻他,说太远了不合适,他不听非得骑,结果前阵子下大雨嘛,在路上出车祸给摔了,幸好人没事,就是手有些擦伤。"张海和调侃地说。

"但眼下的问题还是户口,你哥正愁呢,明年孩子就要上学了，没有户口那就得回老家去，要在北京买房不可能，在燕郊吧虽然便宜些但也买不起，说想找人给协调一下，否则孩子这上学挺难办的。"大伯夹了颗花生米放入嘴中，举起白酒，我连忙敬上一杯。

对于孩子上学前的户口问题一时之间没有好的办法，大伯提起后张海科皱起眉头，喃喃埋怨起之前拜托某个朋友办事，帮孩子弄个天津户口，可最后似乎是错过期限，只能再等一年。这时服务员走了过来，替我们将大锅盖掀开，一阵白茫茫的香气四溢而出，孩子馋了，拍碗筷喊着想吃粉条，丝毫没有感到父亲正忧心着她的求学之路。

"先吃饭吧！你难得来一趟，得吃饱，也拍几张照片给你爸看看！"铁锅炖的肉香吹散心烦的话题，大伯拿起小铁铲为我盛上满满的白菜与鹅肉，其他人也饿坏了，纷纷提起筷子大快朵颐。

"真想念你爷爷。"喝了几杯酒，大伯红着脸说。

三门峡发展起来了，外出打工的孩子也有了比当年更好的生活。张海科与张海和都还记得他们来自台湾的舅爷，爷爷去世前没能见上一面令人遗憾。张海和记得自己名字的意涵，有着两岸和平的期盼。

"我最后一次见到舅爷是高一的时候，我在灵宝高中读书，回来时没赶上和大家一块合照他就走了，一直觉得可惜，后来舅爷再次回来的时候我放假，他拉着我说，今天咱们啥事都别干，就好好拍照。"张海和回忆。

"你爷爷待我们小孩特别好，以前家里没啥可玩的，他从台湾给我们带了玩具小车、小灯笼，还有个铁盒里面装着硬糖，水果味的，我们总是去找他要糖吃。"张海科怀念地说。

但我们没有谈论太多怀旧的事物，都是聊生活的进行时，就像大伯说的，人得活在当下，得往高处走。

傍晚天色漾起橙红的云彩，街对面的服装批发市场人声喧腾，几辆大车卸下成箱的斑斓的衣物，由几名大汉驮着，搬运到街旁的一角再分装，那是明日黎明前将送往北京的新鲜货，它们抵达燕郊时正沉睡，还未醒来前便将离开。

* * *

2022 年 7 月，我和老爸到三门峡探亲，接连多日在亲戚们的陪伴下造访村子、大坝与黄河景观，离开前最后一晚，我让老爸回市区的旅馆休息，自己则留在村里，睡造纸厂老家的客房。

入夜后的村子漆黑一片，农田与楼房的轮廓都消失在浓厚的荫翳里，抬头就能看见整片星光如银色的灰尘般闪烁，几盏路灯将行人的影子拉得老长，他们都在回家的路上。我和大伯散步到村里仅有的两家杂货铺里，我兴致勃勃地看着货架上各种零食、农药、种子，小卖铺老板跟大伯闲聊，听说我是张文学（那个从台湾回来的亲戚）的孙子，露出惊讶的表情。

大伯聊起他的小孙女，说现在都交给媳妇带着，很快就得安排幼儿园。傍晚我们跟在燕郊的张海和、张海科两位表哥通过电话，他们听说老爸来访三门峡，也想回来一块团聚，无奈疫情影响下交通不便，担忧出来后很难再回去。老爸笑说没关系，你们年轻，咱们都还有机会再聚。

拉开造纸厂的铁栅门回到院里，大伯告诉我晚上怎么锁门："扣住之后锁头要稍微转动，村里治安没什么问题，上锁是为了让姑奶奶比较有安全感。"

姑奶奶见我要留宿非常高兴，带着姑姑为我准备床铺，打开风扇。那晚姑姑也不回隔壁村，留在母亲身边照料起居。

"自从收到你爷爷过世的信，她一直心情低落，消沉了好几年，直到你回来才好些，你看这趟你跟爸爸来，她可真精神呀，原先身上的小毛病都不喊疼了。"大伯感慨地说。

那年二叔接到消息，姑奶、姑爷、大伯一度着急着想到台湾吊唁，无奈当时两岸"陆客自由行"政策尚未推行，要进出台湾得办理随团进出的通行证，还得有财产信用等各种证明担保，要申请非常困难，最后只得作罢，两岸亲人终究是断了联系。

姑奶奶问了些关于爷爷临终前在医院的情况，我和老爸没有多说，毕竟怕老人家感伤，只简单说病情发生得突然，爷爷没受太多痛苦，走的时候我们所有家人都在身旁，姑奶奶才欣慰地点点头。

爷爷过世后第七天，即俗称的头七，奶奶在睡前点亮一盏灯，等待爷爷的鬼魂回家。半夜她在朦胧间听见有东西掉落在地面，起身一看，见客厅木柜上挂着的一排钥匙唯独掉了一副下来，那是爷爷的机车钥匙。她想起来车还放在外头，隔天便到殡仪馆掷筊，询问是否爷爷提醒要记得把机车处理掉，得到一个圣筊，心想他真是凡事力求井井有条。但除此外，其他亲人们并没有得到什么"灵魂的启示"，唯有小姑在葬礼后梦见爷爷，听他说后事办得不错，他很满意，仅此而已。

葬礼一年后，我白天在高中课堂里打瞌睡，睡得香沉，却梦见老家巷子口有道熟悉的身影，近一看是爷爷，他似乎看不见我，我跟在他的身后回到家中，他照常在沙发上看着电视，等拉门上的铃铛一响，电视迅速被关上，另一个年幼的我冲进客厅大喊一句爷爷，见到沙发上微微打鼾的老人无动于衷。

年幼的我无奈道那我走啦，爷爷这才睁开眼睛，俏皮地说："哟，什么时候回来啦？"

"爷爷，我上楼去啦。"

"好，明天早些起来，别上学迟到。"

我醒来时听见下课钟声，眼泪已流满桌面，将课本浸得湿透了。

当我越了解河南与台湾家族间的脉络，就越理解所有历史都是环环相连的。我在白纸上用笔拉出一条横轴，将这百年间所有与家族相关的事件编年写下，从杨氏私奔、抗日战争、张文学跟随国民党到他死亡，心里暗叹不可思议，感到自己能存在于此刻是概率多么渺茫的一种奇迹。

如果爷爷当年没有去念开封高中，他就不会随部队到台湾。

如果没有湖口兵变，我们家可能也是"将军"之后。

如果不是为了奔丧，姑奶奶就不会离开杞县。

如果不是因为亲子关系疏远，老爸或许会继续在部队服役，而我跟弟弟就不会有美满的童年；如果张二爷在杞县邮局没有多翻那一叠无人认领的邮件，爷爷就不会找到自己妹妹的下落，他将在台湾度过余生，也不会有之后投资造纸厂失利的事情。每一处拐点，都创造出新的历史的可能，我们所处的当下便是所有分支的最末端，所有的历史皆是偶然，又同时是难以回避的必然。

有个朋友曾告诉我，人生之所以会有遗憾，是因为没有好好说再见。那一晚我睡在爷爷曾留宿过的房间里，庆幸自己出发了，与老爸进行这趟返乡之旅时疫情尚未结束，途中阻碍重重，尽管过程辛苦，但一切都是值得的，因为这或许是最后一次机会了。

* * *

重王村要拆迁的消息在半年前不胫而走，等传闻被证实时，隔壁村已经开始动手拆除，原先的村民拿到补偿金搬走，政府的推土机清理出大片面积，这里将成为三门峡计划发展的智慧岛工程用地，建设产业园区，成为城乡一体化企业创业示范区。

如今大伯跟几个叔叔都放下家里的农务，改到规划园区里开车搬运砂石。面对拆迁的消息他们既期待又担忧，离乡进城，这是千年来中国农民普遍所期盼的，城乡发展差距极大，在市内月均工资可到四千至六千元,但在已趋老龄化的农村可能一年收入不过三四万,因此多数人还是抱持正面态度。

"土地是一种算法,建筑物是一种算法。"二叔解释:"现在就看村里跟上头谈的价格怎么样,有些可能会在其他地方安排房子,每个地方不同。"

"还不知道钱够不够搬到市里头去,不过你姑奶奶是肯定不想搬的。"大伯说。

"有预计说什么时候要拆吗?"我问。

"不好说,得看他们谈得怎么样,但我想应该是在一两年内。"

听到村子要拆掉了,我感到茫然。当年我来时走过的路,主干道已经封锁,被重新开挖,在村里散步细看,角落盖了新的公厕,墙上贴满优秀党员干部名单,旧墙面的破损重新粉刷过了,一切都在迎接即将到来的智慧岛工程。

如果爷爷的魂回家,找不到先前的路怎么办?

那一晚的睡眠很浅,断断续续地做梦,早晨起床后,我拿起相机与无人机到村里四处走逛,想尽可能地留下画面,无人机在阳光的沐浴下起飞,省道公路、田野、村庄缓缓出现在遥控屏幕中央。眺望不远处,智慧岛工程的预留地已经被开垦出来,我按下快门,想象着下次回三门峡时这里会是什么模样。家也即将成为历史的一部分。

在那想象里,智慧岛工程真就像个飘浮在空中的未来岛屿,建筑楼体外玻璃的反光刺眼，门前是条笔直宽敞的柏油路，里面研发或生产着不同的机械组件。也许表哥们厌倦了"北漂"的高压与快节奏，会选择回到老家就业。三门峡这几年的发展是越来越好了，或许五年后，政府能新规划专车往返市区与产业园，等孩子们懂事了，表哥会告诉他们，以前这块地儿就是咱们家，咱们从小是在窑洞里长大的。

我想起前一天到黄河边上，曾经爷爷弯腰装回河水的泥岸已经铺上白色的地砖，周边种上翠绿盎然的花草，这里被改建成一片亲水景观公园。傍晚许多家庭带孩子来骑自行车、放风筝，路旁一些小摊贩正准备着晚上的夜市。我们一家人走到河边，三门峡大坝不久前开闸，黄河水面下降许多，山西那一头露出了平坦的地面，有些农人种了些菜在上头。与这一切无关的是，这条沉睡的巨龙缓缓向东流去，承载着黄土高原的朝朝暮暮。

二叔正在跟老爸比手画脚，解释泄洪后冲刷的泥沙会跑到哪去，几个表弟捡起地上的石头扔向黄河，比赛谁扔得更远，我挽着姑奶奶的手散步，她看着老爸的背影，说你们真像。

"我本来想再活五年就好，但你们来了，我觉得可以再活十年。"她淡淡地说。

我笑道："活久一点好，姑奶奶要长命百岁。"

沧海桑田，没有什么是不朽的，一切都会以崭新的面貌重生，我们都身处于历史之中活着。老人家咧嘴露出满是皱纹的笑容，银白色的发丝在风中摇曳，就如姑奶奶在我们身上见到了她的哥哥，我也在她的细微的动作里再次见到爷爷。

爷爷，你看到了吗？你听到了吗？

你走过村里的街道，废弃的造纸厂，被掩埋的窑洞，大伯与叔叔的果树、棉花、大枣，如今要再次被时代铲平，成为未来的垫脚石了，就好像当年建成大坝要淹没的村庄，或许当我再次回来时，这里已焕然如新，家人们会搬到更好的地方去，住大房子，有空调，不用担心夜里会被蝎子蛰。

我散步回到造纸厂前，大伯跟二叔已经将老爸从市区的旅馆接来，他们朝我招手，我提议临走前要在家门前合影，那是我所知道的最好的纪念方式。爷爷，这次又要好好告别了，你所留下的、走过的一切，我都纪录在镜头与文字里，时代是一直在前进的，而你不用担心被留在过去。

安心地睡去吧，我们来世再见。

河南省三门峡市重王村一角。作者拍摄于 2022 年。

河南省三门峡市重王村，张玉华等人的农地种植着松树、花椒、棉花等作物。作者拍摄于 2022 年。

河南省三门峡市重王村,饭桌上,家人们吃着秀兰烙的韭菜合子赞不绝口,张玉华很有大哥的架势。作者拍摄于2022年。

河南省三门峡市重王村，纯智与秀兰姑侄两人并排坐，抱着张文学初次返乡时赠送的熊玩偶接受作者采访。作者拍摄于 2022 年。

航拍图内,可见到三门峡市智慧岛工程持续开发,已经清理出一大块隔壁村土地,在未来将打造成三门峡市城乡一体化示范区。远方为黄河。作者拍摄于 2022 年。

落日时分的黄河,拉出家人们长长的影子。作者拍摄于 2022 年。

《鲜烟咸雨》后记

应群接到了我的电话,我告诉他,将于中秋节返乡一同度中秋。我于1999年8月28日告诉我爱女小珍,为我做一次安排,于是她告诉我顺便先到北京游几天,看一看祖国的伟大建设,万里长城、天安门广场、故宫等地,然后飞到郑州再回家,我说可以,因为天气不热不冷,很适合我的身子。

于是我想着既然回也不能太空手,就连一丁点的小礼物也要考虑到公平性,我有四个完婚的外甥和一个已经出嫁生子的小蕊,还有一个张老五,寻常可购的礼品易于消失,于是我想先前已有历史性的照片,找出来部分影印或放大,经我整理之后又觉得不能表达心意,于是每页的背后给它填充起来,在目录上我总是要想个书名,正巧读幼儿园的五个孙子都在雨中回了家,同时孙子们在学校中所发生的事,大家都争着和我报告,这应该是"闲言闲语"了,于是把定了书名。

《鲜烟咸雨》后记

  许多应该写的台湾小掌故、风景画、政争、口水战,以及我最得意的事我都没写,仅止将我的流亡学生、工作历程、长官对我的赏识,简单谈过,本来台湾地狭人稠,发生了一丁点的事第二天人人皆知,这些日后再说,这书册一共有四十胶套,把它凑满也就算了,我想这会比其他礼物来得有些价值。

  私以为这本书册,孩子们看了之后若是付之一笑就太欠格局了,可以在其中找出舅舅那艰苦的岁月,工作中的际遇,创造中的发展,其中诚信的执着历历在目。为人当谨守分际,未及或者操之过急,今日这个美满的家庭以及一心努力工作的子女,还有朋友背后的批评就不同了。明日我将飞去北京,本册将永留在重王村家中。

1999 年 9 月 15 日夜

后记

我们是一个太过年轻的家族。

不同于台湾扎根百年的闽南汉人，外省人对于自身的定位一直处于模糊的理解，既是过客，又像被流放的难民。对于父辈的伤痕，如果不是同样身处于时代的裂缝中是很难体会的，因此外省返乡寻根、自我认同曾是台湾文学一大讨论的议题。

在大陆工作多年，会发现各地朋友对待自己家乡、家人的态度截然不同，那是透过一代代无意识的积累，形成的家风，反观自己的家庭，其实台湾张家并没有什么家族的概念。爷爷从大陆来台，抛弃了许多东西，三代人，五十年之间，对家的想象必须从头建立起。

这也是为什么，作为外省第二代、第三代的我们跟父亲初次来到河南时，面对的冲击并不是一种怀念，而是全新的一种情感，

后记

当见到与自己有着血缘关系的一群陌生人待你如至亲，而你又知道了对方的这些真情流露，都是建立在自己爷爷往返两岸多年搭建的桥梁上，那种情绪着实是复杂的。

本书的构思从2014年我第一次返乡河南后开始成形，其后九年间陆续搜集数据，往返两岸进行访谈，三代家族历史从河南到台湾，需要梳理的时间跨度将近百年，若不是爷爷留下详尽的书信、笔记和照片，许多事件的调查将难以开展。

能写完此书，我想最大的功臣还是属于我的家人们，如果没有他们全力支持，在我反复询问下不厌其烦地回答问题，那这本书是不可能写成的，其中我的父亲（虽然他时常埋怨旅行时的种种麻烦）不畏疫情的风险，愿意陪伴我跨越千里完成最后一次的探亲与考察，让这个故事有了更多不同切入的角度，那是我不胜感激的。在长大后人们时常疏忽于对至亲表达感情，但我想在这里加一句：爸，谢谢你，我爱你，就如你从来没有承认过，但深爱着爷爷一样。

在写作过程中，我思考要怎么才能写成一个有趣的、我们这一代人也会愿意看的历史故事。外省人的自我认同、返乡寻根题材曾在两岸蔚为风行，现在却鲜有新一代愿意再去关注，写作时我参考了经典的《最后的黄埔》《代马输卒手记》《我在台湾四十年》《没有回家的士兵》，以及近年的作品如《梁庄三部曲》《秋园》等作，透过虚实来回穿插，叙述不同时代与不同人物视角下的现场，希望能提供一个符合我们这个时代的有趣的阅读体验。

现在挖掘这一切，对我而言既是为了不忘记家族的来历，也是为了悼念。在爷爷去世之后这十多年里，能将这漫长的拼图给完成，我想那就是对他来说最好的礼物。如果本书能引起更多读者关注自己家族的历史或长辈的人生经历，那我会感到相当欣慰。

　　交稿的此刻再过两天，台湾那端的老爸和两位姑姑将抵达郑州，我也联系好了河南的家人，将在后天到郑州机场接应，这是他们三姐弟第一次一起返乡，踏上这辽阔的黄土大地，估计姑奶奶又要兴奋得睡不着觉吧。而家族的故事将由我们延续，一如黄河川流不息。

2023 年 7 月 12 日于北京

黄土家族大事纪年表

1930　杨氏与张金铭私奔至开封，张文学出生

1937　抗日战争爆发，张文学就读私塾

1942　张秀兰出生

1945　张文学前往开封高中就读

1948　张文学成为流亡学生，跟随国民党军流窜

1949　张文学结识赵志华，随军抵台；杨氏与张金铭、张秀兰，徒步返回灵宝奔丧；同年10月中华人民共和国成立，一家人定居灵宝

1952　张文学于"装甲兵学校"第九期毕业

1954　河南三门峡水利枢纽计划出台，灵宝迁村，张秀兰结识张应群

1960　张文学担任战车兵"上尉"，同时获聘为特约军事新闻记者，辅佐赵志华，进而成为蒋纬国侍从官

1961　张秀兰与张应群结婚，次年张玉华出生

1962　张文学与杨幸子结婚，长女张纯琳出生

1964　湖口装甲兵事件，张文学转调花莲，同年长子张纯智出生

1982　张文学"中校"退役，于大雅元良机械厂担任厂长

1987　两岸开放探亲政策

1988　时隔四十年，张文学再次回到河南

1994　张文学投资豫台餐巾纸厂，年底张文学因急性心肌梗死住院，同年作者出生

2009　张文学最后一次返乡探亲

2010　张文学病逝，享寿80岁

2014　作者第一次返乡探亲

谨以此书献给我的爷爷张文学